www.tredition.de

AF198194

Über den Autor
Sascha Wollny, geb. am 24. Juni 1982, studierte Philo-
sophie an der Universität Augsburg und promovierte
über „Das vollkommene Leben". Er ist Autor des Buches „Wegweisende Grenzerfahrungen".
Kontakt: sashw@gmx.de

Sascha Wollny

Aus freiem Herzen

**Zehn berührende Geschichten
einer bemerkenswerten
Heißluftballonpassagierin**

www.tredition.de

© 2021 Sascha Wollny

Lektorat: Katharina Witthuhn
(www.buchstabendreherin.de)

Umschlag-
gestaltung: Evelyn Jooß

Verlag & Druck: tredition GmbH, Halenreie 40-44,
22359 Hamburg

ISBN
Paperback 978-3-347-37545-1
e-Book 978-3-347-37546-8

Inhaltsverzeichnis

Vorwort

Helmut spürte, dass es an der Zeit war, zu gehen. Er lebte schon ein paar Jahre allein und nun war es soweit: Er würde sich ein neues Domizil suchen und ins betreute Wohnen ziehen. Dort sollte ihm jederzeit eine helfende Hand zur Seite stehen – das beruhigte sein Gewissen und vor allem das seines Sohnes Frank, der sich mittlerweile sehr um seinen Vater sorgte. Helmut wohnte nämlich bisher außerhalb der Stadt, direkt an einem Waldrand, wo man nur selten einem Menschen begegnete. Ständig machte er sich Gedanken, ob sein Vater mehr Hilfe benötigte und was da draußen in der Abgeschiedenheit alles passieren könnte: Dieses ewige Was-wäre-wenn-Gefühl würde er nun endlich ablegen können. Zudem war Frank aus einem ganz anderen Grund erleichtert: Für ihn endete endlich die leidige Suche nach einer geeigneten Bleibe für sich und seine Frau Isabelle. Helmut überschrieb seinem Sohn das Haus, das dieser mit seiner Frau zügig renovierte, um möglichst bald einziehen zu können. Der Umzug aufs Land bot sich wirklich an, denn die Stadtwohnung war schlichtweg zu teuer und zu klein – zu klein für drei Leute. Ja, die beiden erwarteten Nachwuchs und wollten mit allem fertig sein, bevor es für Isabelle als Hochschwangere, mit großem

Bauch, zu beschwerlich sein würde, beim Umziehen zu helfen. Frank wäre es niemals gelungen, Isabelle in ihrem Eifer und ihrer Hilfsbereitschaft zu bremsen, geschweige denn sie zu überzeugen, sich hinzusetzen und auszuruhen, während er die Kisten schleppte. Doch alles geschah rechtzeitig: Nach einigen Reparaturen und umgesetzten Wünschen, wie das neue Heim auszusehen hatte, lebten Frank und Isabelle nun auf dem Land und genossen die Nähe zum angrenzenden Wald, der stets zu erholsamen Spaziergängen einlud.

Wenngleich es in den eigenen vier Wänden noch ein bisschen chaotisch aussah und viele Umzugskartons noch nicht geöffnet bzw. ausgepackt waren, erwartete das Ehepaar heute seinen ersten Besuch: Helmut und Isabelles Eltern – eine kleine, überschaubare Runde. Die drei sollten heute Abend eintreffen und die Ersten sein, die von Isabelles Schwangerschaft erfuhren. Frank und seine Frau fühlten bereits eine gewisse Nervosität bei der Vorstellung, die freudige Botschaft zu verkünden. Sie wussten es selbst erst wenige Wochen – daher waren sie umso aufgeregter. Wie würden die anderen reagieren? Würden sie sich freuen? Um die besten Rahmenbedingungen für eine solche Nachricht zu schaffen, sollte alles möglichst elegant gestaltet sein.

Am frühen Nachmittag begab sich Isabelle in die Küche. Sie bereitete ein 3-Gänge-Menü zu, das sie sehr gut kochen konnte und von dem sie wusste, dass es allen schmeckte. Frank kümmerte sich derweil um den Esstisch, auf den er eine noble, weiße Tischdecke legte. Jetzt fehlte nur noch das passende Geschirr für einen solch besonderen Anlass. Da Frank dieses aber auch nach längerer Suche nicht finden konnte, fragte er Isabelle: „Weißt Du, wo die Teller sind, die wir zu unserer Hochzeit geschenkt bekommen haben?" „Puh", stöhnte seine Frau, „wenn sie nicht im Schrank sind, dann müssen sie in irgendeinem Karton sein, den wir noch nicht ausgeräumt haben." Frank klatschte sich mit der Hand auf seine Stirn, denn darauf hätte er selbst kommen können. Für ihn würde das bedeuten, dass er auf den Dachboden steigen musste, wo die vielen ungeöffneten Umzugskisten verstaut waren. Da Frank nun aber überhaupt keine Lust hatte, auf den Speicher zu gehen und mühsam zu suchen, fragte er seine Frau, ob nicht das normale Geschirr ausreichen würde. Mit einem kurzen, aber ausdrucksvollen Blick ließ sie ihn wissen, was sie von seiner Idee hielt: Nichts! „Nun gut", dachte sich Frank, „das mache ich später. Ich habe ja noch ein paar Stunden Zeit." Als hätte sie seine Gedanken lesen können, meinte Isabelle prompt: „Mach es bitte gleich. Vielleicht kommt etwas dazwischen und dann sind wir am Ende froh, wenn wir einen zeitlichen Puffer haben." Frank sah ein, dass seine Frau recht hatte – und so ging er in den ersten Stock, klappte die integrierte Leiter des Dachbodens aus und stieg hinauf auf den Speicher.

Hier oben sah es wie in einem Versandhandel aus: Die Kartons stapelten und reihten sich einer nach dem anderen auf. Eine wirkliche Ordnung war jedoch nicht zu erkennen. „Ich hätte sie wirklich beschriften sollen", bereute Frank seine Bequemlichkeit. Er war allerdings davon ausgegangen, dass in eine Stadtwohnung nicht dermaßen viel Kram passen würde – da hatte er sich wohl immens getäuscht. Nun musste er also jede Kiste einzeln öffnen und überprüfen, ob sich darin das gesuchte, wertvolle Geschirr befand. Zu Beginn entdeckte er nun direkt eine besonders schöne Erinnerung: die Bauklötze, mit denen er als Kind gerne gespielt hatte. Aber gut, keine Ablenkung: Hier wurde Konzentration verlangt! Die Suche stellte sich jedoch als mühsame Arbeit für Frank heraus, denn er musste wirklich jeden Umzugskarton aufmachen. Bald entwickelte er eine zweckdienliche Methode: Er arbeitete sich in der ersten Reihe vom vordersten Karton bis nach hinten durch; dann kam die nächste Reihe, die er untersuchte. Auch hier ging er systematisch vor, blieb aber erfolglos. Jetzt kam die dritte Reihe dran: Frank kämpfte sich bis nach hinten durch, als ihm der letzte Karton auffiel. Dieser passte nicht zu den anderen. Wo kam diese Kiste her? Sie sah älter und abgenutzter aus als die anderen. Frank war sich sicher, dass sie diesen Karton für den Umzug nicht verwendet hatten. „Er kann eigentlich nur von meinem Vater sein", dachte sich Frank. Auch wenn sich darin sicherlich nicht das gesuchte Geschirr befand, siegte die Neugier, sodass er den Behälter öffnete.

Frank war verwundert, was alles in der Kiste steck- te: eine Schachtel, unzählige Briefe und ein Büchlein. Geschwind nahm er das kleine Buch heraus: Es hatte ei- nen abgenutzten, vergilbten Einband, auf dem ein Heiß- luftballon abgebildet war. Frank ahnte, dass es sich da- bei um das Fahrtenbuch seiner Vaters Helmut handelte, in dem dieser seine Touren mit dem Ballon notiert hatte. Helmut war früher ein passionierter Ballonfahrer gewe- sen: Es hatte für ihn nichts Schöneres gegeben, als in die Luft zu steigen und die Welt von oben zu betrach- ten. Auch Frank war bei vielen Ausflügen dabei gewe- sen und konnte deshalb nachvollziehen, warum sein Va- ter das Ballonfahren so sehr liebte. Doch irgendwann war Helmut einfach zu schwach, um den Ballon allein ins Auto ein- und am Startpunkt auszuladen, um den Stoff auszulegen, alles korrekt aufzubauen und nach der Fahrt wieder aufzuräumen. Für das ganze Prozedere wurde viel Kraft benötigt, die Helmut ab einem gewis- sen Alter nicht mehr besaß. Es fiel ihm daher sichtlich schwer, sein geliebtes Hobby aufzugeben und seinen Ballon zu verkaufen, der sich selbstverständlich immer noch in einem tadellosen Zustand befand. Frank war sich bewusst, dass er nun das letzte Überbleibsel, das von Helmuts großer Leidenschaft übrig geblieben war, in den Händen hielt.

Bevor er weiter nach dem Geschirr suchte, warf Frank einen neugierigen Blick in das Fahrtenbuch und las zu seiner Überraschung: „Es folgen die Geschichten, die mir Thea während einer besonderen Ballonfahrt erzählt hat. Ich habe versucht, ihre Erzählungen aufzuschreiben und auszuschmücken – mit Gedanken und Gefühlen." Frank wunderte sich: Er hatte Koordinatendaten oder Benennungen von Start- und Landepunkten erwartet, vielleicht noch Informationen über den Ballon. Doch jetzt sollten in diesem Buch Geschichten stehen? Wer war eigentlich Thea und von welcher besonderen Fahrt schrieb sein Vater? Viele Fragezeichen ploppten über Franks Kopf auf und sein Interesse wuchs ins Unermessliche. Er vergaß für diesen Moment den Grund, weshalb er auf den Dachboden gestiegen war, denn das, was er gefunden hatte, fesselte ihn sehr. Frank wollte unbedingt wissen, was es mit diesen Geschichten auf sich hatte. Bewahrte sein Vater ein großes Geheimnis? Hatte sich Frank in ihm all die Jahre getäuscht? Oder sollte sich alles als harmloser erweisen als gedacht?

Frank las weiter: „Bevor ich die Geschichten niederschreibe, möchte ich Folgendes erwähnen: Für den einen oder anderen mögen sie Märchen oder bloß Geschichtchen sein, aber für mich zeigen sie die Wahrheit! Ich bin mir sicher, dass Theas Erzählungen einen wahren Kern haben. Und um diesen wahren Kern geht es – in *allen* Erzählungen, die es gibt.

Ich fragte mich lange: Was haben uns Märchen und Mythen in der heutigen Zeit noch zu sagen? Sind es nette Geschichtchen, die uns aus einer hektischen, stressigen Alltagswelt entreißen und uns das Leben etwas versüßen wollen? Oder haben sie eine Aussage, die es zu entdecken gilt? Erzählen sie uns vielleicht von Erfahrungen, die so alt sind wie die Menschheit selbst? Und wo haben diese Erzählungen in einer wissenschaftlich und technisch geprägten Welt wie der unsrigen überhaupt noch einen Platz? Diese Fragen trieben mich um und ich suchte ununterbrochen nach Antworten. Ich recherchierte und analysierte, machte mir Gedanken und grübelte. Letztlich habe ich, zumindest für mich, eine Antwort gefunden."

Frank war sehr erstaunt. Dass sich Helmut so sehr mit dieser Materie beschäftigte, hatte er nicht geahnt – und doch wusste er um das Faible seines Vaters: Als Frank noch ein Kind war, hatte er ihm beinahe jeden Abend eine Geschichte erzählt. Helmut sprach dabei voller Leidenschaft und Authentizität, was den damals kleinen Frank sehr begeisterte. Doch das Erzählen ließ mit der Zeit immer weiter nach und Frank begann zu glauben, dass sein Vater das Interesse daran verloren hatte. Mitnichten – wie sich jetzt, viele Jahre später, herausstellte. Frank blickte wieder in das Buch:

„Ich habe – vor allem in Theas Geschichten – ein Bild der Realitäten wiedergefunden. Das bedeutet, dass

Erzählungen etwas Reales und Wirkliches abbilden, wodurch wir sie auf uns und unser Leben beziehen können. Sie deuten an, wie wir in bestimmten Situationen vorgehen können, und erfüllen daher die Funktion eines Zeichens: Sie weisen uns einen Weg – nicht konkret, sondern abstrakt. Deswegen dürfen wir den Inhalt einer Erzählung nicht wortwörtlich nehmen. Stattdessen gilt es, ihn auf eine allgemeinere Ebene zu heben, um zu sehen, was wir lernen können.

Ich bin überzeugt, dass eine Erzählung eine Gestalt der Weisheit ist. Diese stellt sich uns jedoch in einem Bild dar, welches von uns gesehen und gedeutet werden möchte. Der Inhalt einer Geschichte ist demnach zwar nicht die endgültige Wahrheit, aber er ruht auf einem festen Fundament, nämlich der Weisheit. Erzählungen und deren Bilder, die Gestalten der Weisheit, sind also im Prinzip als Zeichen zu verstehen, die uns auf menschliche Probleme und deren Lösungen aufmerksam machen, welche uns wiederum auf menschliche Urerfahrungen verweisen."

Frank schüttelte den Kopf: Er war fasziniert von dem, was er da las. Zunächst glaubte er, seinen Vater nun von einer ganz anderen Seite kennenzulernen. Aber je mehr er nachdachte, desto schlüssiger fügte sich alles zusammen: Helmut war schon immer ein belesener Mann, auch wenn er sein Wissen niemals zur Schau stellte und er stets einen bescheidenen, ja, demütigen

Eindruck machte. Vielleicht war dieses Verhalten ein Ausdruck der Weisheit, von der Frank soeben gelesen hatte. Frank erinnerte sich zudem an Helmuts Freunde und die Menschen, die oft zu Besuch kamen. Das waren sehr besondere und faszinierende Leute, die sein Vater da empfing. Sie strahlten etwas Erhabenes, ja, fast schon Heiliges aus. „Seltsam!", wunderte sich Frank und las den nächsten Absatz:

„Alles in allem bin ich der Ansicht, dass Mythen, Erzählungen und Geschichten uns durchaus helfen, die Welt und die Menschen besser zu verstehen. Wenn wir sie ernst nehmen – wenn wir sie als Bilder und Zeichen mit *Verweis*- bzw. *Verweisungscharakter* verstehen –, können wir aus ihnen Handlungsalternativen ableiten und uns fragen: Was sehe *ich*, was sehen *wir* in ihnen? Sie führen in eine Welt, aus der wir uns selbst mit anderen Augen betrachten und die uns durch eine gewisse Distanz *mehr* sehen lässt. Auch durch diese veränderte Perspektive entsteht Weisheit, die allem zugrunde liegt. Nur eins dürfen wir nicht: uns in einer Geschichte verrennen, denn sonst verlieren wir den Bezug zur Welt und deren Wirklichkeit. Damit dies nicht passiert, müssen wir Geschichten als das nehmen, was sie sind: Bilder der Realitäten."

Frank ahnte allmählich, welch wertvollen Schatz er in seinen Händen hielt und entdeckte eine kurze Notiz: „Start in Richtung Osten". Ab jetzt würde also die Ballonfahrt mit seinem Vater und Thea beginnen. Frank erkannte, dass auf der nächsten Seite die erste Geschichte anfing – eine der Erzählungen, in denen Theas Erlebnisse und Helmuts Ausschmückungen steckten. Würde ihm die eine oder andere bekannt vorkommen, weil sie ihm sein Vater bereits erzählt hatte? Und was stand überhaupt in diesen Geschichten drin? Was war ihr Inhalt? Wer war Thea und was hatte sie mit seinem Vater zu tun? „Mist!", dachte sich Frank, „ich wollte doch das Geschirr suchen." Er überlegte kurz, wägte ab – und weil er noch viel Zeit hatte, bis die Gäste eintreffen sollten, entschloss er sich dazu, direkt die erste Geschichte zu lesen und sich danach um das Geschirr zu kümmern. Ja, so wollte er das machen.

Zehn berührende Geschichten einer bemerkenswerten Heißluftballonpassagierin

Abschied auf Zeit

Heute Abend sollte es soweit sein: Thea würde in ihr Auto steigen, ihr Zuhause verlassen und in ihre erste eigene Wohnung ziehen, in der sie weit entfernt von ihren Lieblingsmenschen leben würde. Doch noch war es früh am Tag und es galt, die letzten Vorbereitungen für den Umzug zu treffen. Thea packte die restlichen Sachen zusammen, hievte sie in ihr Auto und nahm innerlich Abschied von ihrer geliebten Heimat und dem kleinen Häuschen, das tief im Wald mitten auf einer Lichtung stand. Von ihren Eltern und Großeltern würde sie sich heute Nachmittag bei Kaffee und Kuchen verabschieden. Geplant war nämlich ein kleines Abschiedsfest für Thea, bei dem alle noch einmal gemütlich zusammensaßen, um das – für lange Zeit letzte gemeinsame – Miteinander zu genießen.

Die Zeit verging wie im Flug und mit jedem Karton, den Thea in ihr Auto lud, wurde auch ihr Herz schwerer und schwerer. Ja, sie freute sich auf die Wohnung und das Studium, aber dass ihr der Umzug derart schwerfallen würde, damit hätte sie nicht gerechnet. Ganz anders schienen sich ihre Eltern und Großeltern zu fühlen: Sie machten einen stabilen, fast fröhlichen Eindruck, worüber sich Thea etwas wunderte. „Macht es ihnen denn überhaupt nichts aus, dass ich wegziehe?", fragte sie sich ein bisschen enttäuscht. Aber viel Zeit zum Nachdenken hatte sie nicht, denn schon bald kam ihre Mutter zu ihr und sagte, dass die anderen schon draußen im Garten warteten. Wunderschön hatten ihre Eltern dort den Tisch gedeckt, auf dem auch Theas Lieblingskuchen stand, den ihre Oma extra für sie gebacken hatte. So verließ Thea mit ihrer Mutter schließlich das Haus und ging in den Garten. Heute sollte sie tatsächlich ausziehen und die große, weite Welt kennenlernen. Theas Eltern wollten sich ihre Sorgen nicht anmerken lassen und erzählten bei Kaffee und Kuchen lustige Geschichten aus Theas Kindheit. Auch Oma Hildegard erinnerte sich an die ein oder andere Anekdote. Am meisten aber erzählte Opa Willi von den tollen Erlebnissen, die er mit seiner geliebten Enkelin hatte. Thea musste viel lachen und genoss den schönen Nachmittag mit ihren Liebsten, auch wenn sie hin und wieder etwas wehmütig wurde.

Nachdem bei Kaffee und Kuchen gefühlt sämtliche Kindheitserinnerungen ausgekramt worden waren, unterbrach Thea das fröhliche Treiben plötzlich und sagte: „So, ich muss jetzt wirklich los." Der Nachmittag war schon weit fortgeschritten und sie würde noch ein paar Stunden mit dem Auto fahren, um an ihr Ziel zu kommen. Da erhoben sich alle von ihren Stühlen und Theas Mutter war die Erste, die ihre Tochter in den Arm nahm. Jetzt war es soweit: Der Zeitpunkt des Abschieds war gekommen. Sie würde tatsächlich ausziehen. Bis auf Opa Willi hatten alle Tränen in den Augen. Dann schnappte sich Theas Vater seine Tochter und drückte sie minutenlang. „Ich werde Dich vermissen", sagte Oma Hildegard, als auch sie sich von Thea verabschiedete und ihre Enkelin liebevoll in den Arm nahm. Dann wollte sich Thea natürlich noch von Opa Willi verabschieden. Er stand locker da und hatte ein Lächeln im Gesicht, machte einen heiteren und gelassenen Eindruck, aber wie es in seinem Inneren aussah, zeigte er nicht – noch nicht. Statt Thea in den Arm zu nehmen, ergriff er ihre Hand und bat sie: „Schenk mir bitte noch zehn Minuten. Ich möchte mit Dir kurz über die Wiese zum Wald laufen." „Ja klar!", stimmte Thea zu, denn eine Bitte ihres geschätzten Opas, den sie so sehr liebte, hätte sie niemals ablehnen können.

Also gingen die beiden los und steuerten den Wald an, in dem sie so oft zusammen gewesen waren. „Weißt Du noch?", fragte Willi und erzählte von dem Ausflug, den er gemeinsam mit seiner Enkelin gemacht hatte, als sie noch ein Kind gewesen war: „Bei einem unserer Spaziergänge sind wir an eine Bank gekommen. Direkt links neben der Bank stand ein großer, mächtiger Baum. Da ich etwas erschöpft war, wollte ich mich niedersetzen und ausruhen. Du hast neben mir Platz genommen und Dich an mich gekuschelt. Ich habe meinen Arm um Dich gelegt und Dich fest an mich gedrückt." „Ja, das weiß ich noch gut", erinnerte sich Thea, „es war ein besonderer Moment. Ich fühlte mich behütet und beschützt. Denn einerseits warst Du bei mir und andererseits habe ich mich im Wald sehr wohl gefühlt."

Willi war Theas Großvater und, als sie noch jünger war, in gewisser Weise auch ihr Lehrer. Ja, Thea *lernte* von ihm und fühlte auf eine besondere Art und Weise, wie viel Wissen ihr Opa hatte – nicht nur über den Wald mit seinen verschiedenen Bäumen und Tieren, sondern ebenfalls über das, was nirgends geschrieben stand. Willi ging sehr elegant vor, wenn er seiner Enkelin etwas zeigte: Indem er ihr vieles über den Wald erzählte, baute er Brücken zu anderen Wissensgebieten auf. Thea liebte ihn sehr und schaute zu ihrem Opa Willi auf. Ihre Liebe zu ihm beruhte jedoch in erster Linie auf der Tatsache, dass er sich viel Zeit für sie nahm, mit ihr in den Wald ging und oft mit seiner Enkeltochter spielte.

Willi war gerne für Thea da. Er sah in ihr einen Menschen, der für mehr bestimmt war und der in seinem tieferen Inneren die Anlagen hatte, um vielleicht sogar die Welt zu verändern – und zwar zum Positiven. Denn Theas Herz war seit ihrer Geburt offen für Neues und Anderes, es fühlte sich hingezogen zum Guten und Magischen. Dieses Naturell wollte er fördern – auch in der Hoffnung, seine Enkelin würde ihn, ihren Opa und Lehrer, eines Tages übertrumpfen.

Vor allem als Kind sagte Thea oft zu ihrem Opa, dass sie ihn lieb habe. Dabei fühlte sie sich weder doof noch angreifbar. Ihm gegenüber brauchte sie keine Maske aufsetzen, was ihr ohnehin nicht gelungen wäre, da sie dafür noch zu jung und zu ehrlich war. Am bemerkenswertesten war allerdings, dass Thea ihre Gefühle ohne jegliche Erwartungen aussprach. Sie ersehnte kein „Ich hab Dich auch lieb" oder etwas in der Art. Sie sagte es einfach aus dem Bauch, aus ihrem Herzen heraus und wollte dafür keine Gegenleistung.

„Aber dann bist Du schnell wieder aufgestanden und hast wie immer die Umgebung erkundet", berichtete Willi von damals. Als Kind schaute Thea aus den Augenwinkeln, ob ihr Opa sie beobachtete, und sobald sie merkte, dass er woandershin schaute, machte sie ein Geräusch oder forderte ihn direkt auf, zu ihr zu sehen. Es ging ihr um das Gefühl, jemandem etwas zu bedeuten. Ihr Opa durchschaute das natürlich und wusste, dass es ein Zeichen der Liebe war. Gleichwohl musste er immer ein bisschen darüber schmunzeln, mit welchen Tricks seine Enkelin um seine Aufmerksamkeit buhlte, denn ihre Einfälle waren noch so unschuldig und harmlos, aber zeitweise durchaus kreativ.

„Das war doch an dem Tag, als wir das Spiel *Rauf und Runter!* gespielt haben", fiel es Thea schlagartig ein. Willi nickte und lachte dabei. Thea sagte: „Bei *Rauf!* bin ich flugs auf die Bank gestiegen und bei *Runter!* bin ich ganz schnell hinuntergesprungen." „Ja, aber als Du oben auf der Bank standest, hattest Du erst einmal Angst. Ich habe Dir meine Hand gegeben, damit Du es leichter hast", erklärte Willi. „Ja, das stimmt!", gab Thea zu, „zuerst habe ich mich etwas gefürchtet, aber dann wollte ich überhaupt nicht mehr aufhören und die ganze Zeit weiterspielen." „Daran kann ich mich gut erinnern", gestand Willi, „aber irgendwann bist Du endlich müde geworden. Wir haben uns noch kurz auf die Bank gesetzt und Himbeersaft getrunken." „Oh ja, der war so lecker und das ist er heute noch! Niemals werde ich vergessen, wie toll Dein Himbeersaft schmeckt, Opa", schwärmte Thea.

Als die Erinnerungen an diesen Ausflug allmäh-lich verblassten, platzte es aus Thea heraus: „Ach, das war toll!" Sie war bereits mit ihrem Opa über die Wiese gelaufen und bei den ersten Bäumen des Wal-des angekommen. Dort blieben sie stehen und Willi erinnerte sich: „Wir haben sogar im Wald übernach-tet. Weißt Du das noch?" Thea nickte und lächelte. „Wir hatten eine schöne Zeit", sagte Willi und zum ersten Mal vernahm Thea eine gewisse Traurigkeit in seiner Stimme. Sie schaute ihn an und als Willi ihren Blick erwiderte, erkannte sie, dass seine Augen im-mer wässriger und röter wurden. Es war, als wäre ein massiver Staudamm ganz plötzlich porös gewor-den: So hatte sie ihren Opa noch nie gesehen. „Scha-de, dass Du gehst", gab Willi mit gebrochener Stim-me zu, „Du wirst mir sehr fehlen." „Du mir auch, Opa", schluchzte Thea, die von der Situation nun vollkommen überwältigt war. Ihren lieben, stets fröh-lichen und souveränen Großvater so schwach und verletzlich zu sehen, war für sie sehr ungewohnt, aber dennoch irgendwie einmalig und besonders, weil sie sich so bedingungslos geliebt fühlte. Der Mo-ment hatte eine gewisse Magie, begriff Thea doch, was der Abschied für ihre Eltern, ihre Oma und vor allem für ihren Opa bedeutete. Da breiteten die beiden zeitgleich ihre Arme aus und drückten sich innig: Willi umarmte seine Enkelin, die jetzt nicht mehr das kleine Mädchen mit den roten, langen Haaren und den grünbraunen Augen war, mit der er immer spielte und der er den Wald zeigte, die ständig auf seinem Schoß saß und ihn unermüdlich mit Fragen löcherte. Nein, Thea war nun eine erwachsene Frau, die hinaus in die Welt ging. Sie würde nun fernab ihres Opas und fernab des Waldes ihre eigenen Erfahrungen machen – gute und schlechte. Jetzt konnte er sie nicht mehr beschützen und musste sie schweren Herzens loslassen. Alles, was er ihr für das Leben mitgeben konnte, hatte er ihr gezeigt. „Pass auf Dich auf und vergiss nie, wo Du geliebt wirst", flüsterte er ihr ins Ohr.

Die beiden lösten die Umarmung auf und gingen allmählich wieder zurück. Während sich Willi zu den anderen gesellte, setzte sich Thea in ihr Auto: Sie startete den Motor, blickte zu ihren Liebsten und lächelte noch kurz. Ihre Eltern und Großeltern winkten und sahen schließlich, wie das Auto losfuhr und im Wald verschwand. Alle empfanden einen starken Abschiedsschmerz in ihren Herzen und hatten Tränen in den Augen – sogar Opa Willi. Aber während die anderen noch an Thea festhielten, hatte er bereits damit angefangen, sich von seiner Enkelin zu lösen. Bald würde er seine heitere Gelassenheit wiedergefunden haben, hatte er sich doch damit abgefunden, dass Thea nun ihren eigenen Weg gehen würde, ja, gehen *musste* und dass alles seine Richtigkeit hatte.

Frank resümierte: Bei Thea handelte es sich offensichtlich um eine Passagierin seines Vaters, die ihm bei einem Ausflug ihre Lebensgeschichte erzählte. Die einzelnen Episoden aus ihrem Leben verpackte Helmut in separaten Geschichten – und nun hatte Frank die erste davon gelesen. In ihr ging es darum, dass Thea ihr Elternhaus verließ und in die Stadt zog. Ähnlich war es Frank – und natürlich vielen anderen Menschen – selbst ergangen: Auch er war von Zuhause weggezogen, um fortan in der Stadt zu leben. Ihm war der Abschied ebenfalls nicht leicht gefallen. Doch dann hatte er Isabelle kennengelernt und nun wohnten beide auf dem Land in seinem alten Elternhaus. Alles hatte sich zusammengefügt.

Viele Gedanken schossen Frank durch den Kopf und er musste erst einmal tief durchatmen, um sich zu sortieren. Eigentlich war er hier oben auf dem Dachboden auf der Suche nach dem teuren Geschirr – und jetzt hatte er einen ganz anderen Schatz gefunden: das Fahrtenbuch seines Vaters. Es war eigentlich viel mehr als nur ein Heft, in dem Notizen und Koordinatendaten standen. Hierin waren all die Geschichten verborgen, die sein Vater geschrieben hatte und die das Leben einer ganz bestimmten Passagierin erzählten. „Wie ging es in The-as Leben weiter? Was erlebte sie in der Stadt fernab der Heimat?", fragte sich Frank und vergaß dabei, wonach er auf dem Speicher eigentlich gesucht hatte. Er setzte sich auf einen Hocker, der unweit der vielen Kisten stand, und erkannte, dass auf der nächsten Seite eine neue Geschichte folgte.

Der Himbeersaft

Mit den Jahren verlor Thea ihr Glück und das ihrer Mitmenschen aus den Augen. Als sie ihre Heimat verlassen hatte, ging sie auf die Universität und landete anschließend als junge Frau in einem stressigen Job. Hier musste sie sich behaupten – gegen Kollegen und Kunden, aber vor allem gegen ihren Perfektionismus. Dieser war wohl Theas größter Widersacher, der sie letztlich daran hinderte, erfüllt zu leben. Das Fatale war: Sie wähnte sich glücklich. Thea fühlte sich zwar oft gestresst und erschlagen, aber wenn sie einen erfolgreichen Geschäftsabschluss getätigt hatte und im Feierabend angekommen war, setzte sie sich zufrieden mit einem Cocktail auf das heimische Sofa. Ja, der Cocktail war für sie eine Art Belohnung und half ihr dabei, sich zu entspannen und ihre beruflichen Erfolge anzuerkennen. Sie bereitete ihr Feierabendgetränk stets mit vielen Früchten zu, denn ein bisschen gesund sollte der Drink ja schon sein.

In Theas Beruf war der Wettbewerb unbarmherzig und hart, die Kunden stets umkämpft. Niemand hätte hierbei auf Dauer erfolgreich sein können – wie Thea erkannten das die wenigsten. Auch sie meinte, stets alle Anforderungen erfüllen und vorne mit dabei sein zu müssen. Misserfolge waren für sie wie

Stacheln – sie taten weh, brachten sie aber nicht zu Fall, zumindest nicht sofort. Bei Enttäuschungen griff Thea auf ihre bewährte Routine zurück: Sie setzte sich nach der Arbeit auf ihr Sofa und trank einen Cocktail. Ja, der allabendliche Drink war für sie eine Art Trost und half ihr, die beruflichen Misserfolge auszublenden.

Thea verbrachte mittlerweile jeden Abend mit einem Cocktail auf ihrer Couch: wenn es ihr gut *und* wenn es ihr schlecht ging. Zunehmend litt auch ihr Nachtschlaf darunter, sodass sie tagsüber weniger Energie hatte. Thea kompensierte das jedoch, indem sie länger und härter arbeitete. Da sie deswegen abends noch gestresster war als sonst, spielte es sich ein, dass sie nicht nur einen, sondern zwei Drinks brauchte, um runterzukommen. Doch je mehr Thea trank, desto schlechter schlief sie und desto weniger Energie hatte sie am nächsten Tag. Letztlich befand sie sich in einem Strudel, der sie immer weiter in die Tiefen einer bodenlosen Schlucht zog.

Es nervte und schmerzte Thea, wenn sie beruflich nicht erfolgreich war, wenn sie schon wieder abends auf dem Sofa zwei, drei Cocktails kippte, obwohl sie sich morgens fest vorgenommen hatte, heute nichts zu trinken. Doch ihr Leben war derart stressig, dass sie im Laufe des Tages immer mehr Gründe fand, warum sie abends trinken durfte. Je weiter sie in den

Abgrund schlitterte, desto mehr Alkohol trank sie. Sie versuchte die Tiefen, die ja auch zum Leben gehörten, mit einem weiteren, stärkeren Reiz zu überwinden. Dadurch hoffte sie, der nächsten Katastrophe oder der sich entwickelnden schlechten Laune entgehen zu können und sich stattdessen nur in den Höhen des Lebens wiederzufinden. Ja, Thea wollte das wachsende Elend ausblenden und übergehen, es wie ein Wanderer überspringen, der über die kleinen Bäche hüpft, die ihm auf seinem Weg in die Quere kommen. Ein paar Jahre ging das so: Thea war jung und erfolgreich, gestresst und traurig, erschöpft und durstig. Mit neuen, stärkeren Reizen versuchte sie, die Tiefen auszusparen. Um über ihre Misserfolge, die sich allmählich häuften, hinwegzukommen, trank sie stetig mehr.

Eines Abends – es war Freitag und schon spät – kam Thea ausgemergelt von der Arbeit nach Hause. Sie hatte viel und hart geschuftet, aber letztlich erfolglos versucht, einen wichtigen Kunden an Land zu ziehen: Am Ende schnappte ihn ihr ein Konkurrent quasi vor der Nase weg. Theas Chef war darüber sehr erbost, ließ seinem cholerischen Gemüt freien Lauf und machte Thea vor den Kollegen zur Schnecke. Das war für sie also das bittere Ende einer rabenschwarzen, immens enttäuschenden Woche. Thea fühlte sich erschöpft und ausgebrannt, ausgelaugt und voller Selbstzweifel, denn in ihren Augen trug sie die Schuld – für den geplatzten Deal, für den Ausraster des Chefs und für ihre elendige Situation. So setzte sie sich wieder aufs Sofa und stürzte den ersten Cocktail hinunter. Nach dem zweiten und dritten Glas spürte sie endlich eine gewisse Erleichterung – aber gleichzeitig wurde sie immer wütender auf sich, weil sie schon wieder zu viel getrunken hatte. In ihrer blinden Wut stand sie auf und schwankte in die Küche. Auch wenn sie mittlerweile viel vertrug, waren drei Cocktails das absolute Maximum, da Thea es verstand, sehr harte Mischungen anzurühren. Doch heute war ihr alles egal – der Job, die anderen und vor allem sie selbst. Sie machte sich den vierten Cocktail, schmiss lieblos ein paar Früchte hinein und torkelte zurück auf das Sofa. Auch diesen Drink ballerte sich Thea in einem Zug hinein – dann kippte sie zur Seite.

Während sie zwischen Schlaf und Koma hin- und herpendelte, träumte sie: Alles um sie herum war dunkel. Nur die hässlichen Fratzen, die an ihr vorbeiflogen, konnte sie sehen. Eine stellte ihren Chef dar, die andere einen Kollegen. Immer neue Fratzen flogen auf sie zu und an ihr vorbei, schrien sie gellend an und lachten sie höhnisch aus. Thea machte unter ihnen auch Gesichter aus, die sie schon lange nicht mehr gesehen hatte: Visagen von ehemaligen

Kollegen und Kunden, die sie einst vor Jahren kannte. Längst waren diese Menschen vergessen, doch
jetzt huschten sie an ihr vorbei und kreischten so
laut, dass Thea Angst bekam. Sie senkte also den
Kopf und ergab sich kampflos ihrem Schicksal. Wenn
ihr Leben nun enden würde, sollte es eben so sein!
Dann verschwanden selbst die Fratzen und Theas
Licht schien für immer zu erlöschen. Welch trauriger,
würdeloser Abgang!

Doch in der völligen Dunkelheit hörte sie auf einmal Vogelgezwitscher und spürte erstaunt einen weichen Boden unter ihren Füßen. Als es ein wenig heller geworden war, erkannte Thea die Bäume und das
Moos, auf dem sie stand: Sie war im Wald ihrer
Kindheit. Ein Lächeln huschte über ihr Gesicht und
ein Funken Erleichterung glimmte in ihrem Herzen
auf. Hier im Wald konnte ihr nichts passieren, konnten ihr die Fratzen nichts anhaben.

Vor sich sah Thea einen Weg, der sie magisch an-
zog und sie wissen ließ, dass sie ihn gehen *musste*. Sie
lief lange und hatte keine Ahnung, wohin sie dieser
Pfad führen würde. Nach einer Weile hielt sie abrupt
an und konnte nicht weitergehen: Wie angewurzelt
stand sie fest und ein Gefühl der Unsicherheit machte sich in ihr breit. Was würde nun geschehen? Sie
schaute sich um und erkannte erst schemenhaft eine
Bank sowie einen großen, mächtigen Baum. Ihre

Sicht wurde allmählich klarer: Plötzlich erschienen dort ein älterer Mann und ein Mädchen. Thea beobachtete, wie das Kind mithilfe des älteren Herren auf die Bank stieg und heruntersprang – immer und immer wieder. Thea sah die große Freude und den außergewöhnlichen Spaß, den die beiden hatten. Ja, darum ging es ihnen: glücklich sein – und dafür brauchten sie nur eine Bank. „Wie können zwei Menschen mit so wenig so zufrieden sein?", fragte sich Thea etwas neidisch. Je länger sie die Szenerie beobachtete, desto klarer wurde ihr, dass es im Prinzip nicht um die Bank ging oder um das Spiel, das die beiden schlichtweg *Rauf und Runter!* nannten. Es ging um das, was sich zwischen dem älteren Mann und dem Kind abspielte: Sie *wollten* glücklich sein und gleichzeitig den anderen glücklich machen. Es war ein Nehmen und Geben, ein Hin- und Rückfluss. Beide hatten ein Bedürfnis nach Glück – es zu empfangen *und* zu senden.

Thea konnte sich noch immer nicht bewegen. Sie schaute nach wie vor auf den alten Herren und das Mädchen, sah wie beide miteinander spielten. Da gab der Alte dem Kind eine Flasche und sagte: „Trink und ruh Dich noch ein wenig aus. Ich bin kurz weg, komme aber gleich wieder." Als der Mann gesprochen hatte, setzte sich das Kind artig auf die Bank, nahm die Flasche und nippte ein paar Mal am Getränk. Der Alte entfernte sich langsam und ging ein paar Schritte nach hinten. Dann drehte er sich plötzlich um – direkt in Theas Richtung. Jetzt wurde es Thea mulmig: Ihr Hals schnürte sich zu und sie wusste nicht, was nun passieren würde. Der alte Mann aber fixierte sie mit seinen Augen. Er ging Schritt für Schritt und mit Bedacht auf Thea zu – er kam immer näher. Theas Herz pochte wie verrückt, fliehen konnte sie nicht. Was spielte sich hier ab?

Als der Alte vor ihr stand, fragte er: „Erkennst Du mich nicht?" Thea schaute den Mann von oben bis unten an, aber wer er sein sollte, wusste sie nicht. „Weißt Du denn wenigstens, wer das kleine Mädchen auf der Bank ist?" Auch das wusste Thea nicht. Der alte Mann wurde daraufhin sehr, sehr traurig und senkte den Kopf. „Erkennst Du *uns* denn nicht?", fragte er verzweifelt. Thea schüttelte den Kopf. Wer sollten die beiden sein? Wer waren diese zwei Menschen? Der Mann wartete und hoffte, dass Thea sie endlich erkennen würde, doch sie erinnerte sich nicht. Er seufzte, wischte sich eine Träne aus dem Auge und sagte: „Mach's gut!" Danach wendete er sich von Thea ab, ging zur Bank zurück und nahm das kleine Mädchen an die Hand. „Komm, wir gehen nach Hause. Sie erkennt uns nicht." „Aber, warum?", fragte das Mädchen aufgelöst. „Das weiß ich nicht", entgegnete der alte Mann. Daraufhin wurde das klei-

ne Kind unendlich traurig und begann zu schluch-
zen. Das nahm wiederum Thea sehr mit: Den
Schmerz, den das Kind fühlte, empfand auch sie – es
war derselbe. Der Alte kniete sich sofort vor das Kind
und nahm es fest in den Arm. Auf einmal hatte Thea
das merkwürdige Gefühl, als würde sie der Wald mit
all seinen Bäumen und Tieren, mit seiner frischen,
guten Luft, den geheimnisvollen Stellen und vor allem mit den vielen, schönen Erinnerungen ebenfalls
umarmen.

Theas Schmerz ließ langsam nach. Sie blickte auf
die beiden und sah, dass das kleine Kind nicht mehr
weinte. Woher kannte sie nur diesen erdrückenden
Schmerz und vor allem diesen wohltuenden Trost?
So sehr sie sich auch erinnern wollte und anstrengte,
Thea konnte es sich nicht erklären. Der Mann stand
wieder auf und nahm das Kind an die Hand. „Lass
uns gehen", sagte er enttäuscht. „Einen Moment,
Opa", drängte das Kind, „ich will es auch versu-
chen." Also drehte es sich zu Thea um und ging
schnurstracks auf sie zu. Thea war vollkommen überrascht und wurde immer aufgeregter. Als das Kind
schließlich vor ihr stand, reichte es ihr seine Flasche
und sagte: „Bitte, trink!" Thea wusste nicht, was das
sollte, ließ sich aber darauf ein, ergriff die Flasche
und nippte an ihr. Es schmeckte wundervoll! Thea
war begeistert: „Was ist das?", fragte sie das Kind.

„Saft." „Der schmeckt aber toll", sagte Thea. „Wer hat den denn gemacht?" „Der ist von meinem Opa!", äußerte das kleine Mädchen stolz. Thea nickte anerkennend und trank ein weiteres Mal aus der Flasche. Einen solch guten Saft hatte sie schon lange nicht mehr getrunken. „Was für ein Saft ist das eigentlich?" „Schmeckst Du das denn nicht?", wunderte sich das Kind. Thea nahm einen großen Schluck, schloss die Augen und ließ die Flüssigkeit wie ein Weinkenner in ihrem Mund hin- und herwandern, bevor sie sie hinunterschluckte. Thea überlegte und überlegte – und da schoss plötzlich eine wunderschöne Erinnerung wie ein Blitz in ihr Gedächtnis. Sie riss die Augen auf und schaute das Kind erschrocken an, brachte aber kein Wort heraus. Es war, als hätte jemand ein altes, zerrissenes Foto wieder zusammengesetzt und ihr vor die Nase gehalten. Thea spürte den Himbeergeschmack von ihrer Zunge in den Kopf wandern, der dort sämtliche Erinnerungen wie Lampen anschaltete. Sie spürte, wie das ihr so bekannte Himbeeraroma direkt in ihr Herz floss und dort ein großes Fenster öffnete, das sie Richtung Vergangenheit blicken ließ. Thea schaute auf den alten Mann und flüsterte: „Opa?" Der alte Mann lächelte mild und nickte: „Ja, ich bin es." Thea überkam eine große Scham, weil sie ihren Großvater nicht erkannt hatte, der sie doch so sehr liebte und der so viel mit ihr unternommen hatte, als sie noch ein kleines Mädchen gewesen war.

Thea blickte wieder auf das Kind und fragte: „Und wer bist Du?" Kaum hatte sie diese Frage ausgesprochen, dämmerte ihr, wen sie vor sich hatte. Das Kind bestätigte Theas Ahnung: „Ich bin Du und Du bist ich." Thea war sprachlos, denn sie wusste jetzt, wer dieses kleine Kind war: sie selbst. *Sie* war das Mädchen, das vorhin beim Spielen so glücklich gewesen war! „Wenn ich erwachsen bin", sagte das Kind zu Thea, „möchte ich fröhlich sein und andere Menschen glücklich machen. Versprichst Du mir das?" Thea nickte. „Gut!", sagte das Mädchen und umarmte Thea. Während sich beide ganz fest drückten, meinte das kleine Kind: „Ich hab Dich lieb." Da konnte Thea die Tränen nicht mehr zurückhalten und begann zu weinen. Sie hatte nicht, wie in den vergangenen paar Jahren, das Gefühl, etwas erwidern oder antworten zu müssen: Nichts musste sie zurückgeben oder ausgleichen. Sie durfte dieses „Ich hab Dich lieb" einfach annehmen und in ihr Herz lassen. Dann drehte sich das Mädchen behutsam um und ging zu dem alten Mann, der es an seine Hand nahm. Er sagte: „Jetzt können wir gehen, mein Schatz. Sie konnte sich endlich an das Glück erinnern, das sie so lange zugeschüttet hat." Die beiden winkten und gingen fort. Thea sah ihnen nach und spürte die Zuneigung und Liebe, die sie füreinander fühlten. Als das ungleiche Paar nach und nach aus Theas Blickfeld verschwand, löste sich allmählich auch der Wald in Luft auf.

Da wachte Thea abrupt auf und fand sich in ihrer Wohnung auf dem Sofa wieder. Sie blickte auf den kleinen Tisch und sah das Cocktailglas darauf stehen: Bis auf den letzten Schluck und ein paar Früchte hatte sie es komplett geleert. Als sie aber genauer hinschaute, erkannte sie noch etwas Rotes: eine Himbeere, die einsam auf dem Boden des Glases lag.

Frank war den Tränen nahe – nicht nur, weil ihn die Geschichte berührte, sondern weil er in ihr Parallelen zu seinem eigenen Leben wiederfand. Ihm war es ähnlich ergangen, als er damals als junger Mann aus seinem Elternhaus gezogen und in die Stadt gegangen war: Das Gefühl der Einsamkeit war ihm nicht fremd. Zum Glück war diese Zeit nun schon lange vorbei. Jetzt freute er sich, eine tolle Frau zu haben und bald sogar ein Kind – er würde seine eigene, kleine Familie gründen. Dieser Gedanke gab ihm Kraft und Zuversicht.

Schlagartig fiel Frank ein, dass er ja nach dem Geschirr suchen wollte. Isabelle würde bestimmt schon auf ihn warten. Er zwang sich regelrecht, das Buch seines Vaters beiseitezulegen und die Umzugskartons weiter zu durchstöbern. Also nahm er sich die nächste Reihe vor und öffnete einen Karton nach dem anderen. Da fand er plötzlich, was er so lange gesucht hatte: die schönen, wertvollen Teller, die er und Isabelle zu ihrer Hochzeit geschenkt bekommen hatten. „Na endlich", dachte Frank, schnappte sich das Geschirr und ging vorsichtig die Treppe vom Dachboden in den ersten Stock hinunter. Als er sich schließlich im Erdgeschoss befand, rief er seiner Frau entgegen: „Ich habe die Teller gefunden." Isabelle stand in der Küche und schaute kurz ins Esszimmer. Sie war etwas verwundert: „Du warst aber lange weg. Hast Du denn nur die Teller gefunden? Wo ist das Besteck?" Das hatte Frank total vergessen, was ihm etwas peinlich war. „Das Besteck", Frank musste etwas pausieren, um sich eine gute Antwort einfallen zu lassen, „ist noch auf dem Dachboden. Ich hole es gleich." Das schien seine Frau für den Moment zu beruhigen. Frank verteilte also die Teller auf dem Tisch und ging dann wieder nach oben auf den Speicher. Als er dort angekommen war, fiel ihm sofort Helmuts Fahrtenbuch ins Auge. Er konnte seiner Neugier einfach nicht widerstehen. „Also, wenn ich schon mal hier oben bin, könnte ich ja noch eine Geschichte lesen", dachte sich Frank, nahm das Buch in die Hand und las, wie es mit Thea weitergehen sollte.

Die Suche nach dem Sinn

Thea erkannte, dass die Arbeit und der Alkohol sie ausgesaugt hatten: Sie lebte ohne Energie, Kraft und Sinn. Doch ein Traum hatte ihr vor Kurzem die Augen geöffnet. Jetzt sah sie sich und ihre Situation ein bisschen deutlicher – es musste sich dringend etwas ändern. Zunächst dachte Thea daran, ihre Arbeit umzuorganisieren, weniger Aufträge entgegenzunehmen und den Stress nicht so nah an sich heranzulassen. Doch dann blickte sie zurück und sah die zahllosen, missglückten Versuche: All dies hatte sie schon zigmal in Angriff genommen und war dennoch stets gescheitert. Ihr Job und insbesondere die Konkurrenz ließen es niemals zu, wirklich kürzer zu treten – in welcher Form auch immer. Als Nächstes dachte sie an die Möglichkeit, sich eine Auszeit zu nehmen. Doch bei diesem Gedanken fühlte sich Thea unwohl, malte sie sich doch aus, wie es wäre, nach dieser Zwangspause wieder einzusteigen: Sie hätte wahrscheinlich den Anschluss verpasst und wäre damit als Versagerin gebrandmarkt. Diese Option schied also auch aus.

Die dritte und plausibelste Möglichkeit, etwas zu ändern, kam Thea erst allmählich in den Sinn. Als sich diese Alternative in ihrem Kopf den Weg bahnte, war es, als würde ein Eisbrecher durch ein zugefrorenes Meer fahren. Dabei war es so simpel: Thea wollte ihre Arbeitsstelle kündigen, sich erholen und dann etwas Neues suchen. Einfacher konnte es nicht sein, denn Theas Leidensdruck war dermaßen hoch, dass all die Bedenken und Sorgen über die Zukunft womöglich über kurz oder lang verpufften, wenn sie sich für diesen Weg entscheiden würde. Ja, sie hätte weniger Geld zur Verfügung und stünde vor ungewissen Zeiten, aber die materielle Sicherheit und die Struktur hatten ihr bisher ja auch nicht geholfen, sondern sie vielmehr direkt in die Abhängigkeit und Verzweiflung getrieben. Also ging Thea tatsächlich am nächsten Tag zu ihrem Chef ins Büro und kündigte. Dieser gab sich überrascht und versuchte noch halbherzig, sie zum Bleiben zu überreden. Doch Thea spürte, dass er es nicht ehrlich meinte. Sie begriff allmählich, wie falsch die Arbeitswelt sein konnte und wie unbedeutend ihr Abgang war – für ihren Vorgesetzten, für ihre Kunden und sogar für ihre Kollegen, die im Grunde genommen eher Widersacher waren, auf deren Zuspruch und Akzeptanz sie auch problemlos verzichten konnte.

Thea kündigte fristlos mit allen Konsequenzen und wusste sehr wohl, was das für sie bedeutete. Aber so gleichgültig ihr Abgang war, so egal waren ihr in diesem Moment die Auswirkungen. Nach der

Kündigung ging sie nach Hause und setzte sich auf das Sofa im Wohnzimmer, auf dem sie vor ein paar Tagen in einen Traum gefallen war. Da saß sie nun und wartete auf ein befreiendes Gefühl. Sie harrte lange aus, doch es löste sich kein Knoten und es hellte sich auch keine dunkle Stelle in ihrer Seele auf. Auf positive Gefühle wartete sie vergebens. Thea wunderte sich und begann zu grübeln: „Was ist nur los? War es vielleicht doch falsch, zu kündigen? Warum fühle ich mich nicht gut und losgelöst?"

Thea saß auf ihrem Sofa und schaute mit leeren Augen im Zimmer umher. Sie suchte einen Punkt, an dem sie hängen bleiben konnte, aber ihr Blick schweifte unaufhörlich weiter. Nichts in ihrem Wohnzimmer war für sie ein Haltepunkt – nichts in ihrem Leben gab ihr Halt. Da saß sie nun und fühlte in ihren Körper hinein. Es war schrecklich, denn sie spürte genau, was sie ihm in den letzten Jahren angetan hatte: Nicht nur die vielen Cocktails, sondern auch der schlechte und wenige Schlaf, der negative Stress und die Hektik machten ihrem ganzen Organismus zu schaffen. Sie fühlte sich ohne Tatendrang, kraftlos und für den Moment wie ein Wrack. Thea schämte sich, dass es überhaupt soweit gekommen war – und dafür, was sie mit ihrem Körper angerichtet und welchen Schaden wohl auch ihre Seele dabei genommen hatte. Sie schüttelte den Kopf und war maßlos von sich selbst enttäuscht. Wie hatte sie das zulassen können?

Noch immer schweifte Theas Blick wahllos durch das Wohnzimmer und fand keinen Fixpunkt – vor allem keinen, für den es sich gelohnt hätte, innezuhalten. Dabei fokussierte sie sich nicht darauf, was in ihrem Wohnzimmer *stand*, sondern vielmehr auf all das, was darin *fehlte*. Sie dachte an das kleine Haus auf der großen Lichtung, in dem sie noch vor ein paar Jahren mit ihren Eltern und Großeltern gewohnt hatte. Das Häuschen sah nicht nur von außen schnuckelig aus, sondern besaß auch in seinem Inneren eine gewisse Wärme und Annehmlichkeit. Dort hatte sich Thea wohl gefühlt: Es war ihr Zuhause. Jetzt fielen ihr auch die zahlreichen Zimmer ein und wie jedes voller Gegenstände und Erinnerungen steckte. Vor allem erinnerte sich Thea an die Fotogalerie ihrer Großeltern: Hier waren sämtliche Personen zu sehen, die den beiden wichtig waren – ob nun Familienmitglieder oder Freunde. Diese Fotos hatten einen gewissen Zauber, zogen sie doch auf eine eigentümliche Art und Weise all diese abgelichteten Menschen in das Haus hinein. Für einen Moment waren diese Leute präsent – wenn auch nur in den Gedanken des Betrachters. Plötzlich erschrak Thea, denn ihr fiel auf, dass in ihrem Wohnzimmer, ja, in der gesamten Wohnung, kein einziges Foto hing: Es gab keine

Wand, an der sich ein Bild eines geliebten Menschen befand. Thea fühlte auf einmal die erdrückende Einsamkeit, die in den vergangenen Jahren in ihr gewachsen war, sodass es ihr die Tränen in die Augen trieb. Dabei war es überhaupt nicht so, dass sich die anderen von ihr entfernt hatten, sondern *sie* es war, die sich immer weniger meldete und sehen ließ – bis dann am Ende die vielen Kontakte zur Gänze erloschen. Ihre Eltern und Großeltern hatte sie das letzte Mal vor einer gefühlten halben Ewigkeit besucht, nur noch selten rief sie zu Hause an. Thea erkannte schmerzlich, dass sie an ihrem Zustand, der allgegenwärtigen Leere, die Hauptschuld trug – und wie ihr Blick durch die vielen Tränen langsam unscharf wurde.

Sie schluchzte heftig und weinte, weil sie die Schmerzen ihres Körpers und die große Einsamkeit spürte. Vor ihren Augen verschwammen allmählich die Konturen ihrer Wohnzimmermöbel – und all die Ziele, die sie einmal hatte: Was wollte sie beruflich nicht alles erreichen! Wie erfolgreich wollte sie sein und wie viele Kunden für sich gewinnen! Wie viele Konkurrenten wollte sie ausstechen und hinter sich lassen! Diese Pläne hatten sich mit dem verwirrenden Traum, mit der Erinnerung an ihren Opa und der folgenden Kündigung, als Fata Morgana entpuppt. Wofür sollte sie jetzt noch morgens aufstehen? Warum

sollte sie überhaupt etwas tun? Warum sollte sie leben? Ohne auch nur irgendein Ziel saß Thea völlig
orientierungslos auf ihrem Sofa und fand keinen
Halt.

Mit ihren einstigen Bestrebungen hatte sich auch
Theas bisheriger Lebensplan in Luft aufgelöst: Gaben
ihr früher die Arbeit, der Erfolg und der Alkohol einen vermeintlichen Sinn, so war sie nun in einem be-
deutungslosen Stadium angekommen, in dem sie
drohte, ganz tief abzustürzen. Was konnte sie jetzt
noch auffangen? Thea war zu erschöpft und müde,
als dass sie *den* Sinn hätte sehen können. Sie war zu
kraftlos und entleert, um sich selbst ein neues Ziel zu
setzen. Für Thea gab es nur die Chance, dass ein
wohlgesinntes Zeichen von außen an sie herantrat
und sie zu neuem Leben erweckte. Das schien ihre
letzte Möglichkeit zu sein, bevor sie sich vollends im
Abwärtsstrudel verlor. Da klingelte das Telefon.

Thea schaute auf das Display und sah Opa Willis
Nummer. Kurz zögerte sie, war sie doch gerade in einer komplett depressiven Verstimmung und eigentlich nicht fähig, ein Telefonat zu führen. Aber irgendetwas in ihr zwang sie regelrecht, das Gespräch anzunehmen. „Hallo Opa!", sagte Thea und versuchte
dabei so zu sprechen, dass Willi ihre missliche Lage
nicht erkennen würde. Ihm konnte sie allerdings
nichts vormachen: Er merkte sofort, dass mit Thea et-

was nicht stimmte, dass es ihr wirklich schlecht ging. Doch Willi fragte seine Enkelin nicht nach ihrem Befinden, denn in den letzten Jahren hatte er darauf keine ehrliche Antwort erhalten. Er sagte: „Hallo Thea! Schön, Dich zu hören." Eine kurze Pause folgte, dann atmete Opa Willi tief ein und fuhr eindringlich fort: „Ich möchte gleich zum Punkt kommen." Thea wurde etwas nervös, denn sie merkte, dass es um etwas Ernstes ging. Ihr Opa erzählte von seiner Frau, Theas Oma Hildegard, die gestürzt sei und sich dabei den Oberschenkelhals gebrochen hätte. Deswegen lag sie die letzten Wochen im Krankenhaus. Vor ein paar Tagen habe er sie abgeholt und wieder nach Hause gebracht. Aufgrund ihres Alters und der Knochensubstanz sei eine Operation aber nicht mehr möglich oder zumindest nicht erfolgversprechend. „Hildegard ist jetzt ein Pflegefall", seufzte Willi. Thea war geschockt, hatte sie ihre Oma doch immer als eine aktive, lebendige Frau erlebt, die sich stets akkurat und pflichtbewusst um den Garten sowie den Haushalt kümmerte und dabei immer ein Gefühl von Leichtigkeit ausstrahlte.

Nachdem Willi sein Leid geklagt hatte, fragte Thea, ob sie helfen könne. Diese Frage war einerseits durchaus ehrlich und aufrichtig gemeint, andererseits stellte Thea sie, weil sie glaubte, dass ein Hilfsangebot von ihr erwartete wurde. Halb bewusst rechnete sie damit, dass ihr Opa die Unterstützung ablehnen würde – doch es kam anders. Willi sagte: „Das ist nett von Dir. Ja, Du könntest helfen, indem Du herkommst und Dich um Oma kümmerst. Deine Eltern haben ja wenig Zeit und ich schaffe es einfach nicht." Damit hatte Thea nicht gerechnet: Sie fühlte sich in diesem Moment wie vor den Kopf gestoßen, obwohl sie ja selbst ihre Hilfe angeboten hatte. Zuerst wollte sie einen Rückzieher machen und sich herauswinden, doch dann wäre sie in Erklärungsnot geraten und hätte ihr berufliches Scheitern zugeben müssen. Das konnte sie nicht. Thea sagte also zu, dass sie in den kommenden Tagen nach Hause fahren und sich um Hildegard kümmern würde. Willi fiel ein Stein vom Herzen: „Vielen Dank, mein Schatz! Ich freue mich auf Dich."

Als das Telefonat zu Ende war, dachte Thea lange nach. Auf der einen Seite fühlte sie sich überhaupt nicht in der Lage, ihre bedürftige Oma zu betreuen. Sie konnte kaum erahnen, was es wirklich bedeutet, sich um einen Pflegefall zu kümmern. Sie würde ihre Oma im Bett waschen und sie vom Bett in den Rollstuhl heben. Ihre Großmutter würde körperlich und vermutlich auch geistig schnell abbauen – und wenn sie dann nicht mehr selbstständig essen könnte, müsste sie ihr das Essen zuführen. Thea würde Einlagen wechseln, die Mundpflege übernehmen und all die vielen Maßnahmen, die die Grundpflege eines Menschen beanspruchte. Wie sollte sie all das in ihrem jetzigen Zustand bewältigen? Thea sah sich in einem Labyrinth ohne Ausgang: verirrt, planlos, gefangen.

Auf der anderen Seite fragte sie sich, was ihre Alternative sei: Wenn sie nicht nach Hause zu ihren Eltern und Großeltern fahren würde, säße sie hier tagelang in ihrem Wohnzimmer auf dem Sofa und würde aus dem Grübeln nicht mehr herausfinden. Sie würde die Abwärtsspirale weiter nach unten sinken und es bestünde die Gefahr, dass sie wieder zum Alkohol greifen würde, um die körperlichen und seelischen Schmerzen zu betäuben, um ihre Ziel- und Sinnlosigkeit zu überdecken.

Beide Möglichkeiten schienen ihr wenig attraktiv. Letztlich entschied sie sich aber dafür, nach Hause zu fahren. Sie hatte es ihrem Opa versprochen und jetzt endlich ergab sich die Chance, ihren Großeltern, denen sie so viel zu verdanken hatte, etwas Gutes zu tun. Thea ahnte zu diesem Zeitpunkt nicht, dass sie die Pflege ihrer Oma voll fordern und komplett einnehmen würde. Es sollten sich zahlreiche Momente häufen, in denen sie ihre angebotene Hilfe und ihren Entschluss zutiefst bereute: Thea wusste einfach nicht, wie schwer und anstrengend die Pflege eines alten Menschen sein konnte. Jetzt handelte es sich auch noch um ihre geliebte Oma! Gleichzeitig ahnte sie nicht, dass in den kommenden Monaten ein Schleier beiseite gezogen werden würde, sodass sie klarer auf sich und ihr Leben blicken könnte: Am Ende sollte die Leere, die Thea empfand, ausgefüllt werden. Mit ihrem ehrenwerten Einsatz machte sie letztlich einen wichtigen, weiteren Schritt auf ihr eigentliches, noch verborgenes Ziel zu.

Nach wenigen Tagen setzte sich Thea ins Auto und fuhr nach Hause. Den Weg durch den Wald kannte sie gut, sodass sie unverzüglich auf der großen Lichtung ankam. Es war seltsam, wieder hier zu sein. Auf den ersten Blick hatte sich nichts verändert: weder das Haus noch der Garten oder der Wald. Diese Elemente wirkten wie ein harmonischer Dreiklang auf Thea – und doch hatte sie ein eigenartiges Gefühl in ihrer Brust, als wenn sie hier neu wäre. So vertraut ihr alles schien und insgeheim auch war, so sehr hatte sie sich von allem in den letzten Jahren entfernt. Damit war es für Thea weniger ein Nachhausekommen als vielmehr ein In-die-Fremde-Gehen. Diese komische Empfindung verflog etwas, als sie ihren Opa sah, der ihre Ankunft bereits sehnlichst erwartet hatte und direkt aus dem Haus kam. Herzlich begrüßte er seine Enkelin, die sich wahrhaft angenommen fühlte. Nach wenigen Stunden hatte sich Thea wieder vollends eingelebt und das seltsame Gefühl war bald völlig verschwunden. Die Bande zu ihren Großeltern und Eltern war zu stark, als dass sie sich länger fremd in ihrer Heimat fühlte.

Mit der Zeit hatten sich sowohl eine feste Struktur als auch eine sinnvolle Arbeitsteilung ergeben: Theas Eltern kümmerten sich abends und an den Wochenenden um Oma Hildegard. Opa Willi half nur, wenn er sich fit genug dafür fühlte, wurde aber ansonsten geschont. So sorgte sich Thea unter der Woche um ihre Oma – von morgens bis zum späten Nachmittag. Es handelte sich quasi um einen Vollzeitjob, den Thea hier ableistete und der sie schnell an ihre Grenzen brachte. Ihr war bewusst: Hätte sie ihre alte Arbeitsstelle nicht gekündigt und nicht den Entschluss gefasst, der Sinnlosigkeit ihres Daseins entgegenzutreten, hätte sie weder die Zeit noch die Notwendigkeit verspürt, um die anstrengende Pflege ihrer Oma zu übernehmen.

Nun war Thea schon mehrere Monate zu Hause und pflegte ihre Oma, mit der es allerdings stetig bergab ging. Hildegard ging es von Tag zu Tag schlechter, sodass Thea den Hausarzt rief, der ihre Großmutter schon lange betreute und gut kannte. Er war ein kluger Mediziner, der seine Wissenschaft nicht zum Nonplusultra erhob, sondern wusste, wie komplex und vielseitig das Leben war, um es nicht nur aus einer Perspektive zu betrachten. Er schaute sich seine langjährige Patientin an, maß den Blutdruck und Puls, machte einige weitere, kurze Tests und ließ es dann gut sein. Dann bat er Thea und die anderen nach draußen, um nicht vor Hildegard zu sprechen. Sie sollte in ihrer Seligkeit verweilen, zumal nicht abschätzbar war, was sie noch bewusst wahrnahm und was nicht. Vor der Türe erklärte der Hausarzt der Familie offen und zugleich einfühlsam, dass Hildegard nicht mehr lange leben würde. Es gäbe die eine oder andere Möglichkeit, ihr Leben zu verlängern, aber er würde – und damit übertrat er wissentlich seine Kompetenz – davon abraten. Auch wenn die Nachricht alle merklich schockierte und die Akzeptanz des Unaufhaltsamen jedem, insbesondere Thea und ihrem Opa, schwer fiel, sahen sie schnell ein, dass der Mediziner recht hatte. Die Familie entschied sich daher für eine palliative Grundversorgung und bereitete sich langsam auf den nahenden Tod Hildegards vor.

Es vergingen ein paar Wochen und schließlich kam der Zeitpunkt, an dem Hildegard diese Welt verlassen sollte. Dieser Tag sollte Thea wesentlich prägen und ihr nachhaltig in Erinnerung bleiben. Zunächst pflegte Thea ihre Oma wie jeden Tag. Sie folgte der üblichen Routine: waschen, anziehen, lagern – denn Hildegard war zwischenzeitlich bettlägerig geworden und für den Rollstuhl zu schwach. Die einzelnen Schritte liefen völlig automatisch ab, sodass Thea die Aussage des Hausarztes, Hildegard würde bald sterben, völlig vergessen hatte. Sie dachte nicht mehr daran, sondern sorgte sich um ihre Oma, wie jeden Tag. Dass es heute anders kommen würde, ahnte sie an diesem Morgen nicht. Ihre Eltern verließen wie immer pünktlich das Haus und gingen zur Arbeit. Mit ihrem Opa hatte Thea schon am Vortag gesprochen und ihm gesagt, dass er sich gerne Zeit für sich nehmen solle. Dankend nahm Willi dieses Angebot an, denn auch an ihm ging die Situation mit seiner Ehefrau nicht spurlos vorbei. Er nahm sich vor, einen Tagesausflug in seinen geliebten Wald zu machen und so verabschiedete auch er sich am Vormittag von Thea und Hildegard, sodass die Enkelin allein mit ihrer Oma war. Erst gegen Abend sollten die anderen wieder nach Hause kommen.

Der Vormittag ging vorüber und Thea verbrachte die meiste Zeit bei ihrer Oma. Sie hielt ihre Hand, befeuchtete die Lippen, damit Hildegard kein Durstgefühl entwickelte, und lagerte sie immer wieder um. So sollte verhindert werden, dass sich Hildegard wund lag. Seit ein paar Tagen vernahm Thea ein rasselndes Geräusch in der Atmung ihrer Oma, das ihr zunehmend Sorgen machte. Auch hier zeigte sich Hildegards Hausarzt von seiner humanen Seite: Er meinte, das Rasseln käme von Schleimablagerungen in den Atemwegen und natürlich wäre es möglich, diesen Schleim abzusaugen. Es würde aber lediglich eine weitere, große Belastung für die Patientin darstellen. Hildegard hatte einmal mehr Glück, dass ihre Angehörigen auf den Arzt hörten und seinem Rat folgten.

Thea schaute regelmäßig in Hildegards Zimmer, erledigte die pflegerischen Arbeiten, setzte sich auf die Bettkante und streichelte ihr die Hand: Mehr konnte sie nicht tun. Zwischendurch verließ Thea das Zimmer. Sie erledigte ein paar Dinge im Haushalt oder las in einem Buch, um den Kopf freizubekommen. Gerade hatte sie ein Buch über Grenzerfahrungen begonnen, das ihr sehr gefiel und zu ihrer momentanen Lage gut passte. Denn auch sie befand sich in einer Grenzsituation: der Tod eines geliebten Menschen. Das Sterben ihrer Oma führte Thea an die Grenze zwischen Leben und Tod. Von dort aus blickte sie auf das Leben zurück, das sie mit ihrer Oma bereits viele Jahre lang teilte. Es waren schöne und wertvolle Erinnerungen: Wenn Thea als Kind zu ihren Großeltern frühstücken kommen durfte, bereitete ihre Oma häufig Brote mit Quark und Marmelade zu. Die kleine Thea liebte diese Kombination und futterte die Stullen genüsslich in sich hinein. Sie fühlte sich sichtlich wohl am Tisch ihrer Großeltern. Wenngleich Opa Willi ihr Liebster war, so hatte sie mit der Zeit erkannt, wie viel ihre Oma für sie getan und wie viel sie von ihr gelernt hatte. Dazu gehörten z. B. Tätigkeiten im Haushalt wie das Wäschewaschen, das Bügeln und Kochen. Doch die schönste Gabe, die Thea von ihrer Oma lernen konnte, war wohl die Fähigkeit, aus wenig viel zu machen. So war es das Größte für Thea und Hildegard, einfache Butterbrottüten aufzublasen und durch einen festen Schlag mit der Hand platzen und knallen zu lassen. Als Kind empfand Thea das genauso spannend und aufregend wie später das bunteste und teuerste Feuerwerk. Mit einer einfachen Butterbrottüte zauberte Oma Hildegard so viel Freude und Spaß hervor, dass die kleine Thea vollkommen begeistert war. Diese Fähigkeit, die sie an ihrer Großmutter so sehr schätzte, wollte sich Thea aneignen.

Am Nachmittag, als Thea sich ein wenig ausgeruht hatte, betrat sie das Zimmer, in dem ihre Oma lag. Wieder befeuchtete sie ihre Lippen und lagerte sie um. Dann setzte sie sich auf die Bettkante, nahm Hildegards Hand und streichelte diese. Sie dachte an die schöne, gemeinsam verbrachte Zeit zurück und sah sich als kleines Kind bei ihrer Oma am Tisch sitzen, die Brote mit Quark und Marmelade essen, sah sich mit ihrer Oma Butterbrottüten zum Platzen bringen und erkannte, wie viel Freude sie dabei hatte. Doch dann wurde Thea aus ihren Gedanken gerissen: Sie nahm wahr, dass ihre Oma den Mund bewegte. Das hatte sie in den vergangenen Tagen nicht getan, weshalb Thea sich nun sehr wunderte. Sie befeuchtete daraufhin erneut die Lippen ihrer Oma, weil sie dachte, dass sie vielleicht Durst haben könnte. Doch immer wieder bewegte Hildegard ihren Mund. Thea schaute immerzu auf das Gesicht ihrer Oma und erkannte plötzlich, dass sie wohl etwas sagen wollte. Sie bekam große Augen und hörte scharf hin: Allerdings verstand sie nichts. Deswegen beugte sie sich zu ihrer Oma hinunter und hoffte, dadurch etwas verstehen zu können. Ganz leise flüsterte Oma Hildegard ein einziges Wort – immer und immer wieder. Sie wollte unbedingt, dass ihre Enkelin dieses eine Wort noch hörte.

Auf einmal verstand Thea, was Hildegard ihr mitteilen wollte – und es löste ein Erdbeben in ihrem Herzen aus. Dieses Wort war für sie im Moment mehr wert als alles andere – als die Karriere, das viele Geld und eine große Wohnung. Das, was ihre Oma da sagte, war der Lohn für die vergangenen, harten Monate, in denen Thea ihre Großmutter aufopferungsvoll gepflegt hatte. Dieses Wort war mit der ihr noch verbliebenden Kraft gesprochen worden: Es war das Letzte, was Hildegard äußern wollte und es galt ihrer Enkelin. Dass sie es noch hören sollte, schien ihr Herzenswunsch gewesen zu sein. Dieses letzte Wort lautete in seiner schlichten und doch so bedeutungsvollen Einfachheit: „Danke."

Auch wenn es für Außenstehende wie eine schmucklose, unscheinbare Anerkennung wirken mochte, so zeigte sich für Thea in diesem Ausspruch der tiefen Dankbarkeit der wirkliche Sinn, den sie verloren hatte – und nach dem sie insgeheim und unbewusst ständig auf der Suche war. Jetzt fühlte es sich auf einmal richtig an, gekündigt zu haben und wieder nach Hause gekommen zu sein, um sich um ihre Oma zu kümmern. Nicht nur die Pflege war sinnvoll, sondern auch der Tod Hildegards hatte wohl einen versteckten Sinn, so komisch es sich für Thea auch anfühlte. Dieses kurze Dankeswort zeigte Thea einen Zusammenhang zwischen ihrem bisherigen Leben und ihrer jetzigen Situation: Sie erkannte, wie all ihre Lebensstationen letztlich zusammenhingen, wie wichtig gute Beziehungen waren. Im Moment galt ihre volle Aufmerksamkeit allerdings der Verbindung zu ihrer Oma, die sie die letzten Monate fürsorglich und liebevoll gepflegt hatte. Als Thea Hildegards Anerkennung, die einzig ihrer Enkeltochter und der geleisteten Arbeit galt, verstanden hatte, hörte ihre liebe Großmutter auf zu sprechen – und zu atmen. Da schluchzte Thea: „Ach, Oma, ich habe *Dir* zu danken", wobei sie hoffte, dass dies Hildegard auf irgendeinem Weg noch erreichen würde.

Frank war gerührt und freute sich für Thea, dass sie von ihrer Familie Hilfe erfahren hatte. Wie ihr Opa für sie dagewesen war – so wollte auch er sich um sein Kind kümmern, ja, um seine ganze Familie. Unter der gerade gelesenen Geschichte sah Frank die zweite Himmelsrichtung, die sein Vater Helmut für diese Ballonreise angegeben hatte: „Fahrt nach Südwesten". Eine weitere Notiz lautete: „Imposanter Jägerstand". Frank fragte sich, was es mit diesem Platz wohl auf sich hatte und warum er angeblich so beeindruckend war. Dann durchbrach ein Ruf von unten seine Gedanken: „Schatz? Bist Du immer noch auf dem Speicher?" Isabelle machte sich wohl schon Sorgen. „Ich komme gleich", rief Frank hinunter, um seine Frau zu beruhigen.

Auf dem Jägerstand

Thea hatte ihre Wohnung in der Stadt gekündigt und war zurück ins Elternhaus gezogen. Sie wechselte nun auch den Arbeitgeber und fand sich in einer Position wieder, die ihr Freude bereitete, die liebsten Kollegen und den besten Chef bot. Jetzt musste sie sich am Feierabend nicht mehr mit Cocktails betäuben, da sie fortan einen vergleichsweise ruhigen Job und geregelte Arbeitszeiten hatte. Von den Kollegen wurde sie ausnahmslos gemocht und von ihrem Chef oft gelobt – das war letztlich die perfekte Kombination für Theas angestrebtes Glück. Mit jedem in der Firma pflegte sie ein faires, freundliches Verhältnis und zu ihrer Kollegin Elfriede baute sich mit der Zeit sogar eine echte Freundschaft auf. Ihr neuer Chef zeichnete sich dadurch aus, dass er stets ansprechbar war und sich wirklich Zeit für seine Mitarbeiter nahm. Dabei handelte es sich um gut investierte Zeit, denn so vermittelte er allen ein Gefühl der Wertschätzung, das den Angestellten sprichwörtlich Flügel verlieh. So war es auch bei Thea: Zum ersten Mal in ihrem Leben fühlte sie sich für ihre berufliche Arbeit wertgeschätzt und anerkannt. Die lieben Kollegen, der tolle neue Vorgesetzte und eine Tätigkeit, die sie bereitwillig erledigte, waren für Thea die

Hauptgründe, um arbeiten, ja, um tatsächlich *gerne* arbeiten zu gehen.

Nach und nach entwickelte sich in Thea jedoch eine seltsame Emotion, die sie anfangs ziemlich irritierte. Sie wusste nicht, woher dieses merkwürdige Gefühl kam und was es zu bedeuten hatte. Allerdings wollte sie erst einmal abwarten und sehen, ob es von allein wieder verschwinden würde – aber das tat es nicht. Im Gegenteil: Theas Eindruck verstärkte sich. Sie hörte in sich hinein und meinte ein leises Nörgeln wahrzunehmen. Je länger sie horchte und der Empfindung nachspürte, desto schärfer wurde diese in ihren Konturen. Nach mehreren Wochen versuchte sie diesem Gefühl einen Namen zu geben, es mit einem Begriff zu präzisieren. Eines Tages saß Thea in der Küche und jonglierte mit verschiedenen Ausdrücken wie z. B. Lustlosigkeit, Überdruss, Frustration, Burn-out, Unbehagen. Mit der Zeit wurden es allmählich immer weniger, sodass am Ende ein einziger ernüchternder Begriff übrig blieb, der ihren Zustand zu fassen versuchte: Unzufriedenheit. Ja, Thea war trotz den tollen Arbeitsbedingungen nicht zufrieden. Sie nahm sich vor, ihrer emotionalen Schieflage auf den Grund zu gehen und deren Ursache herauszufinden. Thea beabsichtigte, das zu tun, was sie in solchen Situationen immer tat: Sie plante einen Spaziergang durch den Wald, um wieder klare Gedanken fassen zu können.

Eine gewisse Verzweiflung machte sich in Thea breit, weil sie nicht wusste, warum sie in ihrem neuen Job unzufrieden war, obwohl dort alles perfekt erschien. Der Gedanke, in den Wald zu gehen und dort vielleicht eine Lösung für ihr Problem zu finden, gab ihr aber eine berechtigte Hoffnung. Sie stand auf, verließ das Haus und lief in Richtung Süden. Nach wenigen Minuten hatte sie die Wiese zwischen Haus und Wald überschritten. Als Thea die ersten Bäume erreichte, atmete sie die frische Luft tief ein, die ihr unendlich gut tat. Sie spürte den weichen Boden unter den Füßen und hörte die typischen Geräusche des Waldes – Thea freute sich wirklich auf diesen Spaziergang.

Als sie eine Weile gelaufen war, erreichte sie den Jägerstand, den ihr einst ihr Opa Willi gezeigt hatte. Mit ihm war sie hinaufgeklettert und er hatte ihr allerlei über den Wald und seine Funktionen erzählt. Von dort oben war die Aussicht phänomenal. Thea blickte hinauf und erkannte, dass der Jägerstand noch genauso hoch wie früher war – sogar die kleine Kanzel des Hochsitzes befand sich über den Baumkronen. Das war außergewöhnlich und erforderte viel Mut, um bis ganz nach oben zu klettern. Als Kind und mit ihrem Opa hatte Thea allerdings überhaupt keine Angst. Nun, als sie älter war und sich der Höhe bewusst wurde, bekam sie tatsächlich etwas weiche Knie. Deswegen senkte sie erst einmal ihren Blick hinunter auf die Erde. Neben dem Jägerstand befanden sich zwei kleine Felsen: einer links und einer rechts. Sie sahen derart ähnlich aus, dass sie kaum voneinander zu unterscheiden waren. Es waren sozusagen Zwillingssteine – Thea musste ziemlich schmunzeln, als sie sich vorstellte, beide stünden für sie Spalier. Sie musste dieser netten Einladung einfach folgen.

Ihre zitternden Knie ignorierend, packte sie mit den Händen die Leiter und setzte ihren linken Fuß auf die unterste Stufe. Sie nahm sich vor, nicht nach unten zu sehen. So stieg sie Sprosse für Sprosse höher und kam ihrem Ziel allmählich näher. Oben angekommen, öffnete sie behutsam das Türchen der Kanzel und trat hinein. Sofort setzte sie sich auf das Brett, das an einer der Seiten so montiert war, um als Sitzmöglichkeit zu dienen. Thea brauchte allerdings eine Weile, um sich zu sammeln und eine gewisse Sicherheit zu entwickeln. Dafür schloss sie ihre Augen und konzentrierte sich darauf, einfach sitzenzubleiben, um ein Gefühl dafür zu bekommen, dass der Hochsitz stabil stand und nicht umkippen würde. Sie sagte sich, dass er schon viele Jahre hier sicher stehe und er gewiss nicht jetzt zusammenbrechen werde.

Warum auch? Das wäre doch vollkommen unlogisch. Je länger Thea die Situation objektiv betrachtete und mit ihrer Logik abwägte, desto schneller verschwand auch die restliche Angst, sodass sie ihre Augen bald wieder befreit öffnen konnte: Der Ausblick war einfach überwältigend. Thea befand sich nun oberhalb der Baumkronen auf dem Dach des Waldes, drehte ihren Kopf in alle Richtungen und genoss den atemberaubenden Rundumblick.

Dann rief sie sich ins Gedächtnis, warum sie eigentlich hier war: Sie wollte ihrer Unzufriedenheit auf die Spur kommen und erfahren, woher diese kam. Thea verstand einfach nicht, warum sie scheinbar frustriert war, obwohl alles perfekt wirkte: die Kollegen, der Chef, die Arbeit. Fragen über Fragen huschten durch ihren Kopf, aber die Antworten versteckten sich gut. An welcher Stellte drückte also der Schuh und wieso überhaupt? Der Reihe nach ging sie einen gewöhnlichen Arbeitstag durch: Darin gab es Aufgaben, die sie gerne machte, und natürlich Tätigkeiten, die sie einfach stringent abarbeitete, weil sie erledigt werden mussten. Doch immer ging sie mit viel Verantwortungsbewusstsein und Tatkraft an die Arbeit, gab sich große Mühe und stets ihr Bestes. Thea fragte sich nun, warum sie derart viel Elan hatte. War das normal? Ja, in gewisser Weise war es das, denn alle Kollegen waren so fleißig und zuverlässig wie sie. Alle folgten diesem Strom. Ausnahmen gab es nicht. Aber warum war das so? Thea konzentrierte sich auf ihren Chef: Welche Rolle spielte er dabei? Er war in diesem Fluss nicht der Kapitän, der von oben herab Befehle und Anordnungen erteilte, sondern er schwamm *mit* den Kollegen – zwar vorne weg und als Spitze des Schwimmteams, aber eben zusammen mit seinen Mitarbeitern. Er gab dabei die eine oder andere Anweisung, aber oft kristallisierten sich diese von selbst heraus. Als Erster im Schwimmteam bekam Theas Chef allerdings auch die Gegenwellen, die auf das Team trafen, am heftigsten ab. Er konnte sie glücklicherweise oft entschärfen, sodass seine Mitarbeiter nicht stark getroffen und zurückgeworfen wurden. Neben all dem bekamen Thea und ihre Kollegen ein überdurchschnittliches Gehalt, aber es gab zudem eine höhere, viel wichtigere Währung, die ihr Chef wohl dosiert einsetzte: Lob.

Jetzt wurde Thea einiges klar. Das Lob ihres Arbeitgebers war ausschlaggebend, damit sich die Mitarbeiter wohl fühlten und mit Energie an die Arbeit gingen. Es erfüllte eine wichtige Funktion: Die lobenden Worte stillten das Bedürfnis nach Anerkennung. Aber wieso galt das für Thea nicht mehr? Warum war sie mit der Zeit unzufrieden geworden? Sie tat sich generell schwer, Lob anzunehmen, ja, es war ihr manchmal sogar unangenehm. Das lag möglicher-

weise daran, dass Thea mit ihrer Arbeit niemals vollkommen zufrieden war, auch wenn sie hervorragende Ergebnisse ablieferte. Wenn es ihr schon schwer
fiel, Lob anzunehmen, so war es für sie schier un-
denkbar, sich auf die eigene Schulter zu klopfen und
zu sagen: „Das habe ich gut gemacht!" Das hätte sie
nie und nimmer getan. Woran lag das nur? War Thea
vielleicht eine kleine, pedantische Perfektionistin, der
es das Leben niemals recht machen konnte? Und falls
ja, woher kam und worin wurzelte dieser Perfektionismus? Wenngleich sie Tendenzen und Ansätze einer derartigen Veranlagung hatte, so war dies ganz
sicher nicht die Ursache des Problems. Es musste etwas anderes sein.

Thea dachte weiter nach und vermutete, dass das
Streben nach Anerkennung Teil eines anderen Be-
dürfnisses sein könnte. Geschätzt zu werden, war ihr
zwar nicht unwichtig, erfüllte sie letztlich aber nicht.
Es gab ein Bedürfnis, das größer und stärker sein
musste und sich in Theas Verhalten gegenüber den
Kollegen äußerte: Zu diesen war sie immer sehr zuvorkommend, ja, mit manchen Mitarbeitern sogar
freundschaftlich verbunden. In diesen harmonischen
Beziehungen, um die Thea sehr bemüht war, kam
dieses größere Begehren deutlich zum Vorschein: lieben und geliebt zu werden. Ihrem Wunsch nach Anerkennung lag der Drang nach Liebe zugrunde – da

war sich Thea nun sicher. In gewisser Weise wurde sie ja von den Kollegen und ihrem Chef geliebt oder zumindest wertgeschätzt und respektiert. Aber warum wurden ihre Bedürfnisse trotzdem nicht gestillt? Weder lag es an den Mitarbeitern, die waren sehr nett, noch an ihrem Chef, dieser war exzellent, noch an der Arbeit selbst. Thea befand sich in einem Dilemma: Einerseits wurde sie anerkannt und geliebt, andererseits war sie immer noch unzufrieden. Wie konnte das sein? Wie passte das zusammen?

Da erinnerte sich Thea: Vor vielen Jahren saß sie hier mit ihrem Opa und er erzählte ihr von den Funktionen des Waldes. Willi berichtete ihr davon, dass der Wald Sauerstoff herstelle und es deswegen so wichtig sei, gut mit ihm umzugehen. Denn die Menschen benötigten den Sauerstoff, um atmen und leben zu können. „Und wie kommt der Sauerstoff zu den Menschen?", fragte Thea, die damals noch ein kleines Kind war. „Das macht der Wind", erklärte Opa Willi. „Du kannst es Dir so vorstellen: Der Sauerstoff steigt aus dem Wald nach oben und dann kommt der Wind und verteilt ihn auf der Welt."

Diese bildliche Vorstellung faszinierte Thea schon immer, sodass sie noch heute überzeugt war, eine Ähnlichkeit oder Gemeinsamkeit bei den Menschen zu sehen: So wie der Wald unermüdlich Sauerstoff herstellt, so lässt das menschliche Herz Gefühle entstehen. So wie der Wind den Sauerstoff verteilt, so ist der Ausdruck der Gefühle verantwortlich dafür, dass diese sich ausbreiten. Emotionen steigen aus den Herzen der Menschen empor und treten durch das Sprechen, Denken und Zeigen dieser Gefühlsregungen hinaus in die Welt – das war ein wunderschöner Gedanke, der Thea lange im Kopf herumschwirrte.

Dasselbe galt für ihre Kollegen: Sie mochten Thea und ließen sie ihre Zuneigung, die aus ihren Herzen kam, durch ein nettes Wort oder ein Lächeln spüren. Auch der Chef schätzte sie und erkannte ihre Arbeit von ganzem Herzen an, was er ihr zeigte, indem er sie das eine oder andere Projekt leiten ließ. Doch all die Liebe und Anerkennung, die Thea bei der Arbeit von anderen Menschen erfuhr, erfüllten ihre Bedürfnisse nicht – diese hatten nämlich eine andere Qualität. Was Thea sich so inständig wünschte, wonach es ihr verlangte, zielte auf etwas Ewiges und Dauerndes hin, das unabhängig sein musste – von Zeit und Raum, von der geleisteten Arbeit, einer vorübergehenden Laune, aber vor allem unabhängig von anderen Menschen.

Die Äußerungen der Kollegen und des Chefs waren hingegen abhängig, z. B. von Theas Arbeit oder ihrer Leistung. Erledigte sie ihre Aufgaben fehlerfrei, bekam sie Lob, erfüllte sie jedoch die Anforderungen einmal nicht, so wurde sie von ihrem Arbeitgeber zwar nicht getadelt, aber konstruktiv darauf hinge-wiesen und eben nicht gelobt. Zudem waren die Ge-fühlsäußerungen der anderen abhängig von ihrer Laune: War Thea gut drauf, kam viel positive Ener-gie von allen zurück. War sie indessen schlecht ge-launt, was wirklich sehr selten vorkam, wurde ihr manchmal ein missmutiger Blick zugeworfen. Das, was Thea von den anderen empfing, war also durch-aus abhängig. So konnten ihre Bedürfnisse nach An-erkennung und Liebe nicht vollends gestillt werden, denn diese forderten ja etwas Unabhängiges ein, das ewig andauern und wahrhaftig sein sollte. Außer-dem stammte alles, was von anderen Menschen kam, aus *deren* Herzen. Demnach waren diese Äußerungen nicht nur abhängig von Theas Arbeit und Laune, son-dern auch davon, wie beschaffen die Herzen der an-deren waren. Die Personen in Theas Umfeld konnten also ihren Wunsch nach etwas Ewigem nicht erfüllen.

Ihr Begehren (nach Anerkennung und Liebe) for-derte eine Speise, die ewig sättigte. Deswegen fragte sich Thea: „Wer oder was kann meine Sehnsucht wirklich befriedigen?" Welche Quelle musste ausfin-dig gemacht werden, die die ureigenen Bedürfnisse stillte? Thea suchte also etwas, das sie erfüllte – oder jemanden, der ihr diese Erfüllung gab. Sie suchte nach *wahrer* Anerkennung und *wahrer* Liebe. Aber wo konnte sie diese finden?

Thea dachte lange nach und erinnerte sich erneut an ihren Opa. Er hatte ihr vor vielen Jahren erzählt, dass der Sauerstoff an Reinheit und Sauberkeit verliere, sobald er sich über den Baumkronen befinde und sich mit der anderen Luft vermenge. Den reinen Sauerstoff gebe es ausschließlich im Inneren des Waldes und das Faszinierende sei, dass ihn der Wald ohne fremde Hilfe herstelle.

Jetzt hatte Thea zwei Schablonen vor ihrem inneren Auge: Zum einen gab es die Sichtweise auf ihre Bedürfnisse und Wünsche, zum anderen das Wissen über den Wald und seine Funktionen. Sie legte nun gedanklich beide übereinander – und auf einmal gingen ihr mehrere Lichter auf. Ihr wurde klar, dass sie wahre Anerkennung und wahre Liebe nur in *ihrem* Herzen finden konnte. Ja, es ging schlussendlich um *Selbst*anerkennung und *Selbst*liebe. Thea musste, so wie der Wald den reinen Sauerstoff produzierte, all das Wahre, Ewige und Unabhängige selbst herstellen, wollte sie ihre Herzensbedürfnisse stillen und erfüllen. Aber wie konnte sie diese Erkenntnisse umsetzen? Wenn wahre Liebe ausschließlich im eigenen Herzen zu finden war, galt es zunächst, dort zu suchen. Thea musste ihr Herz sowohl als Ziel- als auch als Startpunkt festlegen, denn es erfüllte beide Funktionen: Theas Denken führte sie zu ihrem Herzen und zugleich ging von dort aus die Reise weiter. Was stand ihr nun bevor?

Es war für Thea notwendig, ihr Herz freizumachen – frei von der Erwartung, andere Menschen würden ihre Bedürfnisse befriedigen. Das war offensichtlich eine falsche Annahme, die nicht zum vollkommenen Glück führte. Zudem wollte Thea frei von negativen Gedanken und Gefühlen sein, weil sie einsah: Je weniger ihr Herz mit Negativem vermengt wäre, desto mehr würde es Positives erzeugen. Gute Gefühle würden aus ihrem Herzen emporsteigen – und Thea könnte sie durch liebe Worte und Gesten oder schöne Gedanken und Ideen bei sich an der Arbeit aussäen. Nicht nur dort, sondern überall, wo sie sich befand, könnte sie Optimismus verbreiten. Wie sich der Sauerstoff auf der Welt verteilte, so würden sich auch ihre positiven Gefühlsäußerungen – ob nun gesprochen oder gedacht – mit der kosmischen Energie vermengen und, wenngleich in geringstem Maße, das allgemeine „Klima" verbessern. Erst wenn sie dies tun und ihre Empfindungen ausdrücken würde, könnte ihre Selbstliebe wachsen und gedeihen – beides bedingte sich gegenseitig: Sie musste, so wie der Wind den Sauerstoff in die Welt brachte, auch ihre Selbstliebe in die Welt tragen.

Thea fühlte sich fantastisch: Es war, als hätte sich ein großes Tor geöffnet. Sie lächelte und war bereit, durch diesen Durchgang zu gehen. Sie konnte es kaum erwarten, welche Herausforderungen sich dahinter befanden. Noch ahnte Thea nicht, dass ihr bald nach dieser anfänglichen Freude eine erste Prüfung bevorstand. Mit einem Male bemerkte sie, dass sie schon lange auf dem Jägerstand saß und der Abend allmählich hereinbrach. So entschloss sich Thea, den Heimweg anzutreten. Sie stieg vorsichtig die Leiter hinunter – und mit jeder Sprosse, mit der sie dem Erdboden näherkam, wuchs in ihr die Erkenntnis, dass sie heute nicht nur den Grund ihrer Unzufriedenheit herausgefunden hatte. Sie durfte sich fortan ihrer neuen Bestimmung stellen: Selbstliebe zu entwickeln und auszudrücken. Dabei war es nicht so, dass ihr diese Aufgabe jemand gegeben hätte, sondern Thea selbst hatte sie entdeckt – in ihrem tiefsten Inneren. Dort war sie viele Jahre vergraben gewesen und heute hatte sie sie endlich ans Licht gebracht.

Noch glich Theas Lebensaufgabe einem unscharfen Bild, das lediglich erraten ließ, was es zeigte. Als sie die Leiter des Jägerstandes schließlich nach unten gestiegen und auf dem Waldboden angekommen war, machte sich Thea sogleich auf den Heimweg. Je länger sie lief, desto stärker beschlich sie merkwürdigerweise ein Gefühl der Angst. Aber was beunruhigte sie plötzlich? Hatte sie sich nicht eben noch fantastisch gefühlt? Was ging hier auf einmal vor? Thea

spürte eine gewisse Beklemmung, denn ihr dämmerte, was wohl bald auf sie zukommen würde: Sie
müsste ihre Komfortzone verlassen und würde dabei
sicherlich Schmerzen empfinden, sie müsste sich von
Altem lösen und Neues integrieren, sie würde dabei
haufenweise Niederlagen einstecken und eine Menge
Siege einfahren. Thea schrieb diese Bedenken und
Unsicherheiten einzig ihrer neuen Aufgabe zu. Doch
sie irrte sich: In Wirklichkeit hatte sie Angst vor dem
Ausmaß der eigenen Selbstliebe.

Je näher Thea ihrem Zuhause kam, desto größer
wurden ihre Vorbehalte, desto schwerer wurde die
vermeintliche Last ihrer Lebensaufgabe. Diese warf
vermehrt Fragen auf: Was bedeutete die neue Bestimmung eigentlich? Wie würde sich Theas Leben verändern? Wäre sie, wenn sie das Tor durchschreiten
würde, ein anderer Mensch? Gäbe es ein Zurück oder
würde Theas alte, gewohnte Welt für sie künftig ver-
schlossen bleiben? Mit diesen Unwägbarkeiten
wuchs in Theas Brust ein beklemmendes Gefühl. Das
Atmen fiel ihr zunehmend schwerer, ihr Hals schnürte sich mehr und mehr zu. Thea zwang sich, trotz der
vielen Schmerzen, weiterzugehen. Doch kurz bevor
sie die große Lichtung, auf der sich ihr Elternhaus befand, erreichte, hielt sie es nicht mehr aus und musste
eine Pause einlegen. Thea setzte sich erschöpft auf einen Baumstumpf und senkte den Kopf. Von hier aus

waren es nur noch ein paar Meter zur Lichtung und doch lag ihr Ziel in diesem Moment unendlich weit entfernt. Sie war kraftlos und hatte einfach keinen Antrieb mehr, um weiterzugehen.

Thea ahnte jetzt, dass sie noch heute die erste Prüfung ihrer neuentdeckten Lebensaufgabe zu bestehen hatte. Genau in diesem Moment wurde sie getestet – und sie war nicht vorbereitet. So sehr sie sich anfangs über ihren neuen Auftrag gefreut hatte und durchaus erleichtert gewesen war, die Ursache ihrer Unzufriedenheit gefunden zu haben, so schwer würde ihr nun dieser Test fallen. Zusammengekauert saß Thea nun auf dem Baumstumpf und fühlte, wie sich in ihrem Inneren etwas entfaltete, wie es rapide anschwoll und rasant nach oben stieg. Die Emotion drang schließlich nach außen und bestand aus drei Wörtern, die sich mittlerweile in ihrem Herzen geformt hatten. Ein Teil des unscharfen Bildes war nun sichtbar – und Thea musste dieses Fragment herauslassen und aussprechen, wenn sie innerlich nicht zerbersten wollte. Es fiel ihr außerordentlich schwer, diese Prüfung zu meistern, und doch war sie der erste Schritt zur wahren Selbstliebe. Drei Wörter stiegen aus ihrem Herzen empor und kamen letztlich in Theas Kopf an. Der Drang, sie auszudrücken, rief in ihr einen immens großen Schmerz hervor, weil er sich gegen all ihre Gewohnheiten und bisherigen Überzeugungen stemmte. Für Thea stellten die Begriffe rasiermesserscharfe Gedanken dar, die ihre Persönlichkeit zerschnitten. Doch in Wirklichkeit waren sie Balsam für ihr geschundenes Gemüt und ihr lädiertes Gefühlsleben.

Die vielen Schnittwunden, unter denen Thea im Inneren litt, hatte letztlich *sie* allein verursacht. Viel zu streng war sie mit sich selbst gewesen – sowohl in ihrem alten als auch jetzigen Job. Sie hätte das Lob ihres Chefs bedenkenlos annehmen dürfen, ja, einfach verinnerlichen und akzeptieren müssen. Sie hätte stolz auf sich und ihre Arbeit sein können. Aber warum war sie eigentlich so hart zu sich selbst? Warum konnte sie kein Lob annehmen? Was hinderte sie daran, zufrieden zu sein? Hätte sie doch einmal zu sich selbst gesagt: „Mensch Thea, das hast Du gut gemacht" oder „Thea, Du bist wundervoll". Niemals wäre ihr so etwas in den Sinn gekommen und falls doch, hätte sie den Gedanken sofort verworfen – und mit ihm die Achtung vor sich selbst verloren. Hätte sie nur einmal ihre eigene Größe, ihr eigenes Licht gesehen, ja, hätte Thea sich nur ein einziges Mal wirklich selbst geliebt und akzeptiert – wie wäre ihr Leben dann wohl verlaufen?

Jetzt saß sie hier und konnte ihre Tränen nicht mehr zurückhalten. Die inneren Barrieren und Staudämme brachen allesamt auf, sodass sich in Theas

Seele ein herrlicher Strom ergoss, der ihr bislang noch vollkommen fremd war: ein Strom der Selbstliebe. Sie sah ein, dass es völlig in Ordnung war, sich selbst zu mögen – und dass es daran nichts Verwerfliches, nichts Narzisstisches gab. Endlich fühlte Thea, wie wertvoll und was für ein toller Mensch sie war. Bevor sie vor Erschöpfung vom Baumstumpf kippte, öffnete sie ihren Mund und flüsterte mit letzter Kraft: „Ich liebe mich!"

Jetzt war es draußen, jetzt war es gesagt. Erschöpft atmete Thea tief ein und lange aus. Sie hatte es geschafft: Sie hatte diesen Test bestanden und den ersten Schritt durch das große Tor gemacht. Mit einem Male spürte sie eine sonderbare Wärme in ihrem Körper. Sie breitete sich vollständig aus und hauchte Thea neues Leben ein. Fürs Erste fühlte sie sich wohl und genoss den Moment. Doch stand über diesem Glück noch ein großes Fragezeichen, denn sie wusste nicht, wie es weitergehen sollte. Welche weiteren Aufgaben und Prüfungen standen ihr bevor? Wie viel Kraft würde es sie kosten? Würde ihre Energie ausreichen? Durfte sie im Verlauf Hilfe annehmen, ja, sogar einfordern? Es gab noch so viel, was Thea umtrieb, so viele Fragen, auf die sie noch keine Antworten hatte.

Langsam hob sie den Kopf, blickte zur Lichtung und sah das Haus, in dem sie wieder mit ihren Liebsten wohnte. Da wurde ihr klar, dass sie ihren Weg nicht allein gehen musste. Auch wenn sie diese Erkenntnis durch weitere, zukünftige Erlebnisse noch vertiefen und das Gefühl der Einsamkeit sie wieder heimsuchen würde, so wusste Thea für diesen Moment, dass sie ihre Lebensaufgabe nicht unbegleitet erfüllen musste: Es würde immer jemand an ihrer Seite sein – wie es im Prinzip schon ihr Leben lang war. Stets gab es eine Person, die ihr half und die sie stützte, die sie so liebte, wie sie war, und die sie niemals im Stich lassen würde. Thea dachte an jemand Bestimmtes, der ihr jederzeit helfen würde. Sie empfand eine tiefe Dankbarkeit, dass dieser Mensch heute mit ihr auf dem Jägerstand gewesen war, wenn auch nur in Gedanken und Erinnerungen – und dass er ihr so viel über den Wald und das Leben erklärt hatte.

Nach einer kurzen Weile war es so, als hätte jemand die Last von Theas Schultern gehoben. Jetzt hatte sie wieder ausreichend Energie, um aufzustehen und schließlich heimzugehen. Sie fühlte sich gut und sogar leicht beschwingt. Ihre Angst war einer großen Freude gewichen, mit der sie die Lichtung betrat und nach wenigen Minuten den Garten des Hauses erreicht hatte. Dort sah sie ihren Opa, der gerade nach den Tomaten schaute. Als Willi seine Enkelin erblickte, rief er: „Hallo Thea! Wo warst Du denn?"

„Hallo Opa! Ich war auf dem Jägerstand, den Du mir gezeigt hast, als ich noch ein Kind war", antwortete Thea. „Ich erinnere mich. Oben auf dem Ansitz ist die Aussicht wunderbar", schwärmte Willi, „und man sieht die Welt mit anderen Augen. Aber dieser veränderte Blick bringt nicht nur Positives mit sich, sondern kann auch eine große Bürde bedeuten." Thea verstand voll und ganz, was ihr Opa damit meinte.

Ja, Selbstliebe war ein großes Wort für Frank und ein Thema, bei dem er durchaus Nachholbedarf hatte. Er dachte an seinen Vater, der ihm als bestes Beispiel für jemanden einfiel, der diese Art von Liebe kultiviert hatte. Helmut wirkte niemals arrogant, sondern trat vielmehr bescheiden auf; er besaß eine gewisse innere Sicherheit und Unumstößlichkeit als Resultat einer Liebe, die sich vollends auf das eigene Ich bezog. Franks erster Schritt war es, genauer bei sich selbst hinzuschauen und zu erkennen, dass auch er den Keim der Selbstliebe in sich trug – so wie Helmut und insbesondere auch Thea. Diese Geschichte öffnete in ihm eine kleine Türe, die den Zugang zu geheimen, längst vergessenen Räumen darstellte, in denen Frank viele Schätze aufbewahrte.

Jetzt wollte er eine kleine Lesepause einlegen und nach den Gläsern suchen. Er nahm sich also den nächsten ungeöffneten Karton vor und schaute hinein. Dort waren sie jedenfalls nicht – und so öffnete Frank zwei weitere Kisten, blieb aber erfolglos. Also gab er die Suche nach den Gläsern fürs Erste wieder auf und setzte sich erneut auf den Hocker, nahm Helmuts Fahrtenbuch und entdeckte eine weitere Notiz, bevor die nächste Geschichte folgte: „Fahrt nach Nordwesten über einen Bach". Frank war gespannt, was Thea wohl dort erlebt hatte und wie es Helmut letztlich gelungen war, diese Erfahrung in einer Erzählung zu verpacken.

Thea und Hans

An diesem schönen Sonntag ging Thea wieder einmal im Wald spazieren und gelangte an den kleinen Bach, der sich westlich der großen Lichtung befand. Hier wollte sie Rast machen, sich etwas ausruhen und einfach die Seele baumeln lassen. Also ging sie ans Ufer und zog sich die Schuhe und Socken aus. Nach wenigen Schritten stieg Thea in den kleinen Fluss und genoss die willkommene Abkühlung an ihren Füßen. Sie blickte nach unten und staunte, wie klar und durchsichtig das Wasser war. Dabei konnte sie ihre Füße und die Algen, die an den Steinen hingen und sich nach dem Wasserlauf schlängelten, gut sehen. Sie entdeckte sogar ein paar kleine Fische, die sich geschickt durch den Bach bewegten. Mit diesem Eindruck ging sie bald wieder zurück bis zur Wiese, die sich zwischen dem steinigen Ufer und dem Weg befand. Dort legte sich Thea ins Gras und wollte warten, bis ihre Füße getrocknet waren und sie weitergehen konnte.

Als sie auf dem Boden lag, schloss sie ihre Augen und resümierte ihre jetzige Situation: Sie wohnte wieder daheim bei ihren Eltern und ihrem Opa, arbeitete mit netten Kollegen und einem wundervollen Chef zusammen – und hatte zudem weitreichende Erkenntnisse über sich und ihr Dasein erlangt. *„Eigentlich* könnte ich glücklich sein", dachte sie sich und gab damit auch zu, dass in ihrem Leben dennoch etwas fehlte. Es gab da ja obendrein die Liebe zu einem anderen Menschen, die Thea noch unerfüllt schien. Sie war nun schon seit Langem Single und erinnerte sich kaum noch an ihre letzte Beziehung. Ihr damaliger stressiger Job hatte eine tiefere Bindung zu einer anderen Person unmöglich gemacht, doch jetzt besaß sie genügend Zeit und Energie, um wahre Emotionen zu entwickeln.

Bis jetzt fehlte Thea dafür allerdings das passende Gegenstück. Deswegen stellte sie sich vor, wie es wäre, in diesem Moment einen Menschen neben sich zu haben, den sie liebte und der ebenso für sie empfand, mit dem sie gemeinsam in eine tolle Vergangenheit und noch bessere Zukunft schaute. Thea hielt dabei ihre Augen geschlossen: Sie malte sich aus, wie ein ansehnlicher Mann aus dem Wald kommen und sich neben sie legen, wie sie sich an ihn schmiegen und er sie in den Arm nehmen würde. Da schmunzelte sie zufrieden, ja, beinahe friedlich. Völlig unerwartet und für Thea sehr überraschend, entfloh ihr ein „Ich mag Dich". Ihre Vorstellung war so realistisch gewesen, dass ihr Herz ein Gefühl erzeugte, welches sie schließlich über den Mund nach außen getragen hatte. Doch nun trat Stille ein: Nichts kam zurück – kein einziges Wort. In diesem Augenblick fühlte Thea, wie allein und einsam sie im Moment eigentlich war. Etwas enttäuscht öffnete sie ihre Augen und stellte fest, dass ihre Füße getrocknet waren. Also machte sie sich wieder auf den Weg nach Hause.

Dann lernte Thea Hans kennen, einen neuen Arbeitskollegen. Von Anfang an war sie von ihm begeistert. In ihren Augen war er nicht nur attraktiv, sondern auch ein sehr lieber Mensch. Ihn machte etwas Besonderes aus, denn neben seiner sympathischen Art verhielt er sich sehr zuvorkommend. Dabei wirkte Hans auf Thea aber nicht bedürftig oder gar unterwürfig, sondern vollkommen gefestigt und überaus selbstbewusst. Seine Höflichkeit fußte nicht auf einer Unsicherheit, sondern kam direkt aus der Mitte seines Herzens – und das beeindruckte Thea sehr. Ein paar ihrer Kolleginnen meinten allerdings, dass Hans ein komischer Typ sei. Thea wusste jedoch genau, welche Art von Mensch ihr neuer Kollege war: Ja, sie bewunderte ihn sogar ein bisschen.

Thea ging einmal mehr durch den Wald spazieren. Wieder kam sie an den Bach, an dem sie bereits vor ein paar Wochen pausiert hatte. Nachdem sie ins Wasser gestiegen war, legte sie sich ins Gras und stellte sich abermals vor, wie jemand aus dem Wald treten und sich neben sie legen, wie sie diese Person in den Arm nehmen und bedingungslos lieb haben würde. Bis ins kleinste Detail stellte sich Thea das alles vor – aber dieses Mal kam in ihrer Gedankenwelt kein Phantom oder Unbekannter aus dem Wald vor, sondern Hans. Wie beim letzten Mal lächelte Thea verlegen und aufs Neue entwischte ihr ein „Ich mag Dich". Auch jetzt erhielt sie keine Antwort: Da war nichts, nichts als Stille. Nur das schmerzende Gefühl der Einsamkeit machte sich wieder in ihr breit. Thea seufzte und entschloss sich dazu, aufzustehen und allmählich den Heimweg anzutreten.

Die Zeit verging und inzwischen hatte Thea ihren neuen Arbeitskollegen besser kennengelernt. Sie waren sogar miteinander ausgegangen und sich etwas näher gekommen. Schließlich verliebte sich Thea in Hans. Der hingegen konnte seine Gefühle nicht zuordnen, empfand aber auf jeden Fall mehr für sie, als es für Kollegen üblich war. Die beiden verabredeten sich häufig und besuchten entweder ein Café oder machten einen Spaziergang. So war es auch heute: Thea wollte Hans den Wald – ihre kleine, heile Welt – zeigen.

Nachdem sie eine gute Weile gelaufen waren, kamen sie an die Uferstelle am Bach, an der sich Thea die anderen Male ausgeruht hatte. Sie überzeugte Hans, eine kleine Pause einzulegen und barfuß ins Wasser zu gehen. Da der Grund des Baches durch die Algen etwas glitschig war, hielten sich Hans und Thea gegenseitig an den Händen, damit sie einen besseren Halt hatten. So standen sie für ein paar Minuten sorglos im Wasser und genossen die Abkühlung. Danach wollte sich Thea wieder auf die Wiese legen und die Füße von der Sonne trocknen lassen. Natürlich verfolgte sie dabei einen Hintergedanken: Also animierte sie Hans, aus dem Bach zu steigen und zur Wiese zu laufen. Dort legten sie sich zusammen ins Gras und ruhten sich gemeinsam aus. Währenddessen rutschte Thea vorsichtig und achtsam an Hans heran. Unversehens streckte dieser seinen Arm aus und machte damit quasi den Weg für sie frei, damit sie sich an ihn kuscheln konnte. Thea fühlte sich überglücklich und hätte vor Freude weinen können, hatte sie sich in den letzten Wochen doch nichts sehnlicher gewünscht, als hier mit Hans zu liegen. In ihrem Herzen entwickelte sich erneut eine starke Gefühlsregung, die ihren Ausweg wieder über den Mund, über die Sprache suchte. Also sagte Thea leise: „Ich mag Dich." Sollte sie nun endlich eine Antwort erhalten und ihr Wunsch heute Wirklichkeit werden? Oder würde sie wieder von einer erdrückenden Stille umgeben sein?

Es blieb ruhig, sehr ruhig. Die Sekunden dehnten sich in eine gefühlte Ewigkeit aus. Es entstand eine energiegeladene Spannung, die Thea kaum ertrug.

Sie wartete auf eine Antwort, irgendeine Reaktion. Auch Hans war in eine Art Schockstarre gefallen: Er wusste nicht, wie er auf diese drei Wörter reagieren sollte, denn ein „Ich mag Dich auch" wäre nicht ehrlich genug gewesen. Die Spannung der gegenwärtigen Situation war für beide nicht auszuhalten. Ja, Hans mochte Thea, aber so weit, wie sie war, ihre Gefühle beim Namen zu nennen, war er noch lange nicht. Er hatte die Treffen doch eher freundschaftlich verstanden. Wenngleich er ab und zu an eine Liebesbeziehung mit Thea gedacht hatte, war es doch beim bloßen Durchspielen dieses Gedankens geblieben. Nun lagen sie zwar Arm in Arm im Gras, aber ihre Sympathien, die sie füreinander empfanden, schienen sich mehr und mehr voneinander zu entfernen. Der spannungsvolle Moment, der entstanden war, glich dem kurzen Augenblick zwischen Blitz und Donner, in dem sehnlichst der Donnerschlag erwartet wurde, der es vermochte, alle Gespanntheit krachend aufzulösen.

Weil Thea nach wie vor vergeblich auf eine Reaktion wartete, wusste sie, dass sie sich verrannt hatte. Sie lag zwar noch immer in seinem Arm, aber der fühlte sich jetzt nicht mehr wie ein ersehntes Kissen, sondern wie ein hartes, überflüssiges Stück Holz an. Hatte sie sich in den letzten Wochen so sehr getäuscht? War ihre Sehnsucht nach Zweisamkeit zu

groß gewesen, als dass sie die Lage hätte richtig ein-
schätzen können? Warum fühlte Hans nicht wie sie?
Was war das Problem? Die Stille zermürbte Thea:
Jetzt musste endlich etwas geschehen. Da seufzte
Hans: „Entschuldige!" – und das war der leise Donner, der die Spannung seicht und vollkommen un-
spektakulär auflöste. Beide begriffen, dass sie sich in
einer unangenehmen Situation befanden, deren Ausgang gewiss schien, während dem Ganzen ein bitte-
rer Nachgeschmack anhing. Thea löste sich also von
Hans, rappelte sich auf, wandte sich von ihm ab und
blickte auf den Bach. Auch Hans erhob sich, schaute
aber auf Thea. Da standen sie nun: Thea enttäuscht,
Hans überfordert.

Nach einem kurzen Moment gab Hans zu verstehen, dass er den Heimweg antreten wollte. Thea erklärte ihm daraufhin ziemlich wortkarg, wie er am
schnellsten zurückkam – begleiten wollte und konnte
sie ihn nicht. Sie verabschiedeten sich hastig voneinander und Hans verschwand alsbald zwischen den
Bäumen im Wald. Der gegenwärtige Kontrast zwischen geliebter Zweisamkeit und dem elendigen Al-
leinsein zerriss Thea schier das Herz. Noch nie in
ihrem Leben hatte sie sich so einsam gefühlt. Dieses
negative Empfinden machte sich nun in ihrem Inneren breit und hätte sie fast zur Flucht, zum Heimlau-
fen gezwungen.

Doch Thea überwand ihren Instinkt und ging stattdessen noch einmal zum Bach. Dort blieb sie am Ufer stehen. Enttäuscht blickte sie ins Wasser und überlegte, was sie nun tun konnte. Früher hätte sie das Negative ignoriert oder betäubt. Doch jetzt wollte sie einen anderen Weg einschlagen, da sie mittlerweile verstanden hatte, dass das Leben gegensätzlich war und aus Höhen *und* Tiefen bestand: Es ging mal rauf und mal runter. Thea akzeptierte, dass sie sich gerade in einer dieser Tiefen befand – und erklärte sich mit dem damit verbundenen Leid einverstanden. Anstatt es abzuschieben und zu verdrängen, ging sie in den Schmerz hinein: Das tat weh, fürchterlich weh. Doch Thea atmete tief ein und hielt den Kummer erfolgreich aus.

Mit einem Mal ließ der Schmerz größtenteils nach und Thea atmete wieder aus. Sie spürte deutlich, wie sich die soeben erlebte Enttäuschung langsam verflüchtigte, und ahnte zugleich, dass sie weiter in den noch verbleibenden Schmerz eintauchen musste. Als sie das tat, durchbrach sie dessen Oberfläche und erkannte, dass der ganze Frust nur vordergründig etwas mit Hans zu tun hatte. Als Thea immer tiefer in ihr Inneres blickte, entdeckte sie, dass es nicht die Zurückweisung war, die sie verletzte, sondern ein nicht gestilltes, um Aufmerksamkeit schreiendes Bedürfnis – der Wunsch nach Zweisamkeit.

Als Thea das eingesehen hatte, verflogen die Wut und der Gram gegenüber Hans, was sie sehr erleichterte. Er war nicht schuld an ihrer chaotischen Gefühlswelt. Was konnte sie nun tun? Zunächst akzeptierte sie ihr Bedürfnis nach Zweisamkeit. Sie nahm die Situation an und erklärte sich einverstanden, dass sie ein Mensch mit erfüllten *und* unerfüllten Begehren war, die sich bemerkbar machten, indem sie an die Oberfläche kamen und sich als Gefühl, als Ausdruck eines immanenten Verlangens, zeigten. Als Thea das begriffen hatte, ebbten auf einmal sämtliche Schmerzen ab. Sie spürte, wie sich ein neuer Raum öffnete, in dem von jetzt an die Sonne aufgehen und strahlen konnte.

Thea hätte nun zufrieden sein und nach Hause gehen können, aber sie wollte noch tiefer in ihr Inneres einsteigen und herausfinden, was es mit dem Bedürfnis nach Zweisamkeit auf sich hatte. Woher kam dieses Verlangen? Wo entsprang es? Gab es eine nächste Ebene? Mit diesen Fragen im Kopf ging Thea am Ufer in die Hocke und tunkte beide Hände ins Wasser. Wie sie ihre Arme nach und nach etwas weiter eintauchte, so tauchte sie auch in ihrem Inneren allmählich tiefer. Sie durchbrach dabei die Stufe, auf der sich das Bedürfnis der Zweisamkeit befand – und entdeckte eine weitere Ebene. Hier befand sich also der Ursprung von Theas Sehnsucht: Dort entsprangen die verschiedensten Begehren, so z. B. der Wunsch nach zwischenmenschlicher Liebe, nach Geborgenheit und Zärtlichkeit. Diese Ebene gestaltete sich bei genauerer Betrachtung wiederum selbst als ein Bedürfnis – und zwar nach Identität. Da ging Thea nicht nur ein Licht, sondern ein ganzer Kronleuchter auf: Im Grunde genommen drehte sich alles um Thea selbst und um die Frage, wer sie in Wirklichkeit war. Wer war sie denn nun? Was machte sie aus? Was hatte sie mit anderen Menschen gemeinsam und worin unterschied sie sich? Letztlich ging es nur um sie – um sie als Mensch.

Thea war auf der Suche nach sich selbst, nach ihrer Identität und nach dem, was sie einzigartig machte. In ihrem Kopf ploppte die Frage auf: Wer bin ich? Dieser Angelegenheit musste sie sich in ihrem derzeitigen Zustand erst einmal stellen. Sie sah ein: Je tiefer sie in ihrem Inneren grub, desto mehr Fragen und Ungewissheiten kamen ans Licht, desto mehr zerbröckelten die scheinbaren Gewissheiten und angeblich sicheren Meinungen. Das Konstrukt, welches sie von sich und ihrer Welt erbaut hatte, löste sich allmählich von innen heraus auf. Die heutige Erkenntnis brachte einen Prozess in Gang wie ein ins Wasser geworfener Stein: Von seiner Einwurfstelle breiten sich immer neue, größer werdende, kreisförmige Wellen aus, die nach außen streben und den einstigen Zustand der

Wasseroberfläche komplett verändern. Bevor jedoch alles drohte, einzustürzen, stoppte Thea fürs Erste ihre Innenschau. Sie nahm rasch die Arme aus dem Bach und streifte mit ihren Händen das überschüssige Wasser ab. Für heute reichte es wirklich: Sie hatte einen erstaunlichen Blick in ihr Inneres gewagt und tief darin gegraben. Auch wenn sie spürte, dass sich damit alles, woran sie geglaubt hatte, auflösen und ihr fortschreitender Tiefgang weitere, stärkere Schmerzen verursachen würde, so hatte Thea am Ende keinen Zweifel daran, dass sich dieser Weg auszahlen würde. Es lohnte sich, zum eigenen Grund hinabzusteigen, denn das bot die Möglichkeit, sich selbst zu erkennen und zu erfahren, wer man war, und auch, warum man sich auf der Welt befand.

Thea nickte bejahend, stimmte sie doch allem, was sie heute erlebt hatte, vollumfänglich zu. Die Gefühle des Alleinseins und der Einsamkeit hatten sich letztlich verwandelt. Thea dankte Hans, denn er hatte sie, wenn auch unbewusst, auf den Weg der Selbsterforschung und -erkenntnis gebracht. Sie war auch dem Leben dankbar, weil es ihr weitere Ebenen gezeigt hatte – Stadien eines Prozesses, die sich in Thea selbst befanden.

Sie verließ das Ufer und legte sich wieder auf die Wiese, um ihre Gedanken zu ordnen. Dabei erinnerte sie sich daran, wie sie sich einst vorgestellt hatte, dass jemand neben ihr liegen würde, mit dem sie kuscheln und gemeinsam in eine glückliche Zukunft blicken könnte. Sie dachte an ihr Lächeln, das ihr Gesicht erstrahlen ließ, und wie ihr ein „Ich mag Dich" entfahren war. Auf eine Reaktion hatte sie damals vergebens gewartet.

Thea ahnte nicht, dass sie heute, ja, dass sie jetzt sofort eine Erwiderung bekommen sollte. Sie würde endlich belohnt werden – für ihre Geduld und ihren Erkenntnisfortschritt. Als sie aufstehen und nach Hause gehen wollte, hörte sie plötzlich eine Stimme. Thea fuhr erschrocken zusammen: Woher kam diese Stimme? Sie blickte aufgeregt umher, sah aber niemanden. Kaum hörbar verstand Thea immerzu die vier Wörter: „Ich mag Dich auch!" Wer sagte das? Thea richtete sich auf und drehte ihren Kopf zu allen Seiten. Niemand war zu sehen: kein ominöser Mann, kein Hans, auch Opa Willi nicht. Weil sie keine Menschenseele entdecken konnte, horchte sie mit gespitzten Ohren. Wieder und wieder hörte sie: „Ich mag Dich auch!" Thea staunte und wunderte sich sehr, freute sich aber gleichzeitig, endlich eine Reaktion zu bekommen, die noch dazu ihre Seele wärmte. Dieser Moment war einfach einzigartig.

Die Stimme wurde allmählich lauter und Thea ahnte, woher sie kommen musste. Sie kam nicht aus dem Wald und stammte auch nicht von einem anderen Menschen. Thea entspannte sich langsam und lächelte erkennbar: Ihr dämmerte, was gerade vor sich ging – und so genoss sie den Augenblick, der ein Geschenk und eine Belohnung zugleich war. All die Strapazen der vergangenen Zeit zeigten nun ihr positives Gesicht: Die Stimme kam von Thea selbst – aus ihrem Herzensgrund. Zu diesem so wichtigen Ort war sie heute vorgestoßen und erfolgreich durchgebrochen. So konnte sie den Ursprung freilegen – als hätte sie einen Spiegel geputzt –, sodass Theas „Ich mag Dich" mit einem „Ich mag Dich auch" reflektiert und zurückgegeben werden konnte. Diese Reaktion war ein erster, wichtiger Schritt zur Selbstliebe, ihrem neuen Ziel. Die heutige Antwort war nicht abhängig von anderen Menschen, nicht von Theas Leistungen oder den äußeren Umständen, sondern wurde vollkommen unabhängig formuliert und bezog sich ausschließlich auf sie – auf Thea in ihrem Wesenskern.

Jetzt erkannte sie außerdem, dass sie sich nicht einsam und verlassen auf der Wiese befand, ja, dass sie niemals auch nur irgendwann allein gewesen war oder sein würde. Das Gefühl der Einsamkeit, das sie so oft gespürt hatte, war für Thea nunmehr eine Erinnerung aus vergangenen Zeiten. Sie freute sich jetzt und war überglücklich, dass sie ununterbrochen jemanden an ihrer Seite hatte: sich selbst.

Frank vermutete: Auch in der zwischenmenschlichen Liebe, also zwischen ihm und Isabelle, ging es um das eigene Selbst. Das war durchaus paradox: Einerseits ging es um das eigene Ich, andererseits war man stets auf andere angewiesen. Ohne Mitmenschen konnte man nicht leben oder sich weiterentwickeln. Oft hielten sie einem den Spiegel vor, in dem man das eigene Verhalten betrachten und analysieren konnte. Frank ahnte, dass vor allem sein Kind ihn häufig kritisieren und an seine Grenzen bringen würde. Doch Angst hatte er nicht: Er freute sich von ganzem Herzen darauf, bald seinen Nachwuchs in den Arm nehmen zu können.

„Frank?", hörte er Isabelle rufen, „findest Du die Gläser?" „Ich hab sie gleich", rief Frank hinunter, legte das Buch zur Seite und stöberte im nächsten Karton. Endlich! Dort lagen sie gut und sicher verpackt. Frank nahm also den gesamten Karton unter den Arm und stieg achtsam die Treppe vom Dachboden hinunter, ging in die Küche und sagte stolz zu seiner Frau: „Ich hab sie gefunden." Isabelle freute sich und half ihm, die kostbaren Gläser auszupacken und auf den Tisch zu stellen. „So, der Tisch ist fertig", sagte Frank zufrieden, „die Gäste können kommen." „Ich muss noch den Nachtisch zubereiten", meinte Isabelle und verschwand direkt wieder in der Küche. Frank blickte auf die Uhr und erkannte, dass er noch Zeit hatte, bevor Helmut und seine Schwiegereltern eintreffen würden. Er gab Isabelle kurz

Bescheid, dass er auf dem Speicher ein bisschen aufräu-
men wollte, da jetzt einige der Kisten chaotisch herum-
stehen würden – in Wirklichkeit wollte er natürlich die
nächste Geschichte lesen. Also ging Frank wieder nach
oben, setzte sich mit dem Buch auf den Hocker und
blätterte um.

Die Erkenntnis am Waldbach

Thea und Elfriede wurden sehr gute Freundinnen. Sie verbrachten viel Zeit miteinander und gingen häufig spazieren, machten gemeinsame Ausflüge und tauschten sich aus. Dabei erzählten sie sich nicht nur Alltägliches, sondern gaben einander auch Einblicke in die jeweils eigene Gefühls- und Gedankenwelt. Ihre Freundschaft war den beiden sehr wichtig, da sie ihnen doch gewissermaßen Schutz und Zuflucht bot.

An einem schönen Sonntagnachmittag liefen sie aufs Neue durch den Wald. Elfriede sprach über Karl, der ihre große Liebe gewesen *war* – ja, sie sprach von ihm in der Vergangenheitsform, denn Karl hatte sich am Ende als großer Mistkerl erwiesen. Er war dermaßen unzufrieden mit sich und seinem Leben, dass er seine Wut vermehrt an Elfriede ausgelassen hatte. Sie war letztlich die Leidtragende seines verpfuschten Lebens. Nach ein paar Jahren – Thea wunderte sich, wie lange es ihre Freundin überhaupt mit Karl ausgehalten hatte – kam, was kommen musste: Elfriede entschied sich dazu, sich von ihrem Partner zu trennen. Für ihn stellte das aber offenbar kein wirkliches Problem dar: Nach einigen verletzenden Worten, die er Elfriede an den Kopf geworfen hatte, stand Karl auch schon wieder in einer neuen Beziehung.

Elfriede hingegen hatte lange an der Trennung zu knabbern. Für sie brach eine kleine Welt zusammen, da sie Karl doch sehr geliebt und sich eine gemeinsame Zukunft mit ihm ausgemalt hatte. Dieser Traum brach nun wie ein wackeliges Kartenhaus zusammen. Auch wenn ihr Kopf ihr versicherte, dass es gut gewesen war, ihn zu verlassen, seufzte ihr Herz noch immer. Von dieser inneren Zerrissenheit erzählte sie nun ihrer Freundin. Thea konnte es nicht nachvollziehen, war die Trennung doch schon Jahre her. Sie war davon ausgegangen, dass Elfriede längst alles verarbeitet und überwunden hatte. Wenngleich beide ein sehr gutes und inniges Verhältnis pflegten, überraschte es Thea sehr, dass sie davon in all der Zeit nichts mitbekommen hatte. Umso mehr freute es sie, dass sich Elfriede nun öffnete und zugab, dass sie noch immer an Karl hing. Auch Thea hatte vor einiger Zeit eine ähnliche Erfahrung gemacht, die sie bald einholen sollte.

An diesem Tag machten die beiden Freundinnen also einen ausgedehnten Spaziergang. Während Elfriede ihr Leid klagte, hörte Thea aufmerksam zu. Thea war hier eindeutig die Stärkere von beiden: die Person, die immer einen Rat wusste und weiterhelfen konnte. Sie merkte sofort, dass es Elfriede wirklich schlecht ging. Nachdem sie alles aus dem Gefühlsleben ihrer Freundin erfahren hatte, sagte Thea: „Wie es scheint, hast Du eine unvollendete Beziehung." „Eine *was*?", fragte Elfriede. „Ich bin doch schon lange von Karl getrennt." Thea nickte und erklärte ihrer Freundin, was sie darunter verstand: Ein Fünkchen Hoffnung verhindere das endgültige Loslassen. Im Fall ihrer Freundin vermutete sie, dass Elfriede insgeheim noch immer hoffte, mit Karl wieder eine Beziehung führen zu können, dass sie davon träumte, mit ihm glücklich zu werden. Elfriede fühlte sich innerlich demaskiert, merkte allerdings schnell, dass Thea wohl in diesen Punkten recht hatte.

Nach einer gewissen Zeit gab Elfriede zu: „Ach Thea, Du hast so recht! Ich habe die ganze Zeit gedacht, dass sich Karl ändert und wir wieder zusammenkommen. Das hat mich wohl daran gehindert, ihn vollends zu vergessen." Thea strich ihrer Freundin aufmunternd über den Rücken. Elfriede fragte: „Wie kann ich diese unvollendete Beziehung zu Karl abschließen?" „Du musst Dir im Prinzip über zwei Dinge klar werden", antwortete Thea, „erstens, dass Du Deine Bedürfnisse an ihn gebunden hast, wie z. B. Deine Sehnsucht nach Nähe und Geborgenheit. Du hast das alles an Karl geknüpft – und als Du Dich von ihm getrennt hast, ist es quasi mit ihm weggegangen. Das bedeutet im Umkehrschluss aber auch, dass Du dieses Bedürfnis nicht mehr unter Kontrolle hast und es somit auch nicht mit einer anderen Person verknüpfen kannst." Elfriede verstand kein Wort – das war der jungen Frau deutlich anzusehen. Also holte Thea weiter aus: „Du glaubst unbewusst, dass Dein Verlangen nach Nähe und Geborgenheit nur von Karl befriedigt werden könnte, weil Du es an ihn, an *seine* Person gebunden hast. Aber dieses Bedürfnis kann durchaus von einem anderen Menschen gestillt werden. Dafür musst Du es allerdings wieder von Karl lösen, sonst bleibt es ewig bei ihm – und Du mit ihm verbunden." So langsam dämmerte es Elfriede, was ihre Freundin meinte. Es war tatsächlich so: Karl war für sie derjenige, mit dem sie all ihre Wünsche und Bedürfnisse verband. *Er* sollte es in ihren Augen sein, der sie in den Arm nahm und auf die Stirn küsste, der immer für sie da sein würde und ihr eine starke Schulter bot, an der sie sich anlehnen konnte. Aber all diese Wünsche hatte Karl selten, ja, eigentlich niemals erfüllt. Elfriedes Bedürfnisse waren schon während der Beziehung immerzu ungestillt geblieben und nach der Trennung hatte sich daran erst recht nichts geändert.

„Und was ist der zweite Punkt?", fragte Elfriede wissbegierig. „Das ist der Trick der Liebe – dem Du, möchte ich zumindest behaupten, komplett auf den Leim gegangen bist", antwortete Thea. „Was soll das denn nun wieder sein?" Elfriede wirkte nun überaus skeptisch. „Der Trick der Liebe", erklärte Thea, „besteht darin, dass wir uns in das Potenzial eines Menschen verlieben, also in die mögliche Entwicklung, die jemand machen kann. Das bedeutet, dass Du Dich in Karls Potenzial verliebt hast." Das verstand Elfriede wiederum auf Anhieb: Sie hatte sich in das verliebt, was Karl *hätte sein* und *werden können*. „Die Liebe", fuhr Thea fort, „ermöglicht uns, in einer anderen Person mehr zu sehen, als diese ist. Sie zeigt uns, was ein Mensch sein könnte und was alles in ihm steckt. Damit trickst sie uns ein bisschen aus und führt uns an der Nase herum. Dadurch entsteht vor unserem inneren Auge ein idealisiertes Bild des anderen, was aber nicht zwingend auf das wahre Leben oder eben die Realität übertragbar ist." Elfriede überlegte und versuchte, das zu verinnerlichen, was ihre Freundin da gerade geäußert hatte. „Ja, das könnte sein", dachte sie sich. Auch sie trug ein Bild von Karl in sich, auf dem er besser, netter und liebevoller erschien, als er es in Wirklichkeit jemals gewesen war. Elfriede fragte: „Ich habe mich also nicht in Karl, sondern in die Vorstellung verliebt, die ich von ihm in meinem Kopf und meinem Herzen entworfen habe?" „Ja", bestätigte Thea, „wir verlieben uns eigentlich immer in einen solchen Eindruck – und nicht in den Menschen, wie er wirklich ist."

Die beiden gingen weiter durch den Wald und schwiegen eine Weile. Elfriede musste das soeben Besprochene wohl erst einmal verdauen. Allmählich sah sie ein, dass sie sich von diesem Bild lösen musste, wenn sie Karl nicht mehr vermissen wollte. Für sie galt, das falsche Ideal zu zerstören und stattdessen die Wahrheit zu erkennen: Wer war Karl wirklich und was hatte die Liebe hinzugefügt? Während Elfriede nachdachte, unterbrach Thea plötzlich die Stille: „Wir dürfen uns fragen, ob wir einen Menschen so lieben, wie er wirklich ist – oder ob wir das lieben, was er sein könnte." Elfriede stimmte ihrer Freundin zu und versuchte einzusehen, dass sie nicht Karl, sondern nur ein Bild liebte, das sie allerdings *selbst* entworfen hatte. „Gut!", sagte Elfriede mit einem Mal. Thea merkte, wie sich in ihrer Freundin etwas gelöst hatte und ihr Herz offenbar etwas freier geworden war. Da unterbrachen sie den Spaziergang und drückten sich innig. Dabei fühlte Elfriede, wie sie nicht nur ihre Freundin umarmte, sondern auch, wie sich die heutigen Erkenntnisse einprägten.

Die beiden Freundinnen setzten danach ihren Spaziergang fort, aber nach einer halben Stunde war es Zeit, sich zu verabschieden. Elfriede bedankte sich mehrfach bei Thea für ihre nützliche Hilfe: Erneut konnte sie ihr eine Lösung anbieten, wodurch sich Elfriede mit ihr wirklich unendlich verbunden fühlte.

Sie nahm sich fest vor, über das Besprochene weiter nachzudenken: dass es ihre unbewusste Hoffnung war, die eine völlige Ablösung von Karl verhinderte, dass sie ihre Wünsche und Bedürfnisse an ihn gebunden hatte und sie diese wieder zurückholen musste, dass sie dem Trick der Liebe auf den Leim gegangen war und sie sich nicht in den wahren Karl, sondern in ein selbst erstelltes Bild verliebt hatte. Dann gingen die Freundinnen jede ihren Weg: Elfriede wollte direkt nach Hause, Thea jedoch machte einen kleinen Umweg, weil sie noch zum Bach wollte, der nicht weit entfernt durch den Wald floss.

An ihrem Ziel angekommen, zog Thea routiniert ihre Schuhe aus und stieg direkt ins Wasser. Das machte sie gerne, war es doch eine willkommene Abwechslung und wohltuende Kühlung an warmen Tagen. Eigentlich wollte sie nur kurz im Bach umhergehen und dann ihre Füße an der Luft trocknen lassen. Aber es würde diesmal wohl länger dauern, als Thea gedacht hatte – denn an diesem Tag sollte auch sie von einem Erkenntnisblitz getroffen werden. Als sie Schritt für Schritt achtsam durch das Wasser ging, schaute sie hinunter und sah ihr Spiegelbild im kühlen Nass: Heute war es aber irgendwie anders als sonst. Vollkommen verdutzt blickte sie nach unten und versuchte, sich auf der reflektierenden Oberfläche des Baches zu erkennen. Minutenlang beobachtete Thea die Wasseroberfläche. Ihre Augen bewegten sich rasch hin und her, als wollte sie alle Teile des Spiegelbildes auf einmal sehen. Weil sie damit aber keinen Erfolg hatte, musste sie die verschiedenen Bruchstücke in ihrem Kopf zusammensetzen. Das Resultat, das sie dabei erhielt, ergab jedoch keinen Sinn: Thea erkannte nicht sich, sondern Elfriede.

Was hatte das zu bedeuten? War *sie* Elfriede? Oder setzte ihr Verstand jetzt vollkommen aus? War das Gespräch von vorhin derart intensiv gewesen, dass sie sich jetzt als Elfriede im Wasser sah? Thea wurde unsicher und hob ihren Kopf, um über das Ufer hinauf zu den Bäumen des Waldes zu schauen. Dann schüttelte sie den Kopf und versuchte es erneut: Sie blickte nach unten und hoffte, sich selbst zu sehen, aber ohne Erfolg – wieder schaute sie nicht in ihr eigenes Gesicht, sondern in das ihrer Freundin. Da blickte Thea auf ihre Beine und Füße: Ja, das waren eindeutig *ihre* Gliedmaßen. Abermals hob sie ihren Kopf, drehte ihre Hände und betrachtete deren Innenflächen: Ja, das waren zweifellos *ihre* Hände. Sie fasste sich auch ins Gesicht: Ja, das waren unbestreitbar *ihre* Nase und *ihr* Mund.

Dann kam ihr die Idee, sich gleichzeitig ins Gesicht zu fassen, während sie in den Bach schaute. Also senkte Thea den Kopf, blickte ins Wasser und strich sich mit der Hand über ihre rechte Gesichtshälfte. Sie war fassungslos: Im Wasser erkannte sie nicht nur Elfriedes Gesicht, sondern auch ihre Hand, die sich über die Gesichtshälfte bewegte. Thea packte die Verzweiflung und sie bekam große Angst. Instinktiv wollte sie aus dem Wasser stürzen und direkt nach Hause rennen – doch irgendetwas hielt sie zurück. Also startete sie einen neuen Versuch, um herauszufinden, was hier wirklich vor sich ging. Sie sagte: „Hallo!", und schaute dabei auf die Lippen ihres Spiegelbildes. Sie nahm tatsächlich eine Veränderung wahr: Auch diese Lippen bewegten sich. Das war endgültig zu viel für Thea: Leicht panisch hastete sie zurück zum Ufer.

Dort angekommen, ließ sie sich erschöpft auf den steinigen Boden sinken, zog ihre Beine an und begann zu zittern. Während sie so niedergekauert dasaß, grübelte Thea, was das alles zu bedeuten hatte: Hieß es, dass *sie* Elfriede war? Oder bedeutete es, dass sie so *wie* Elfriede war – in ihrem Charakter? Könnte es womöglich dafür stehen, dass die beiden wie Schwestern waren, weil sie ein so inniges Verhältnis hatten? Oder war sie jetzt schlichtweg verrückt geworden? Thea schossen in diesem Moment tausend Fragen durch den Kopf. Vielleicht war das alles auch ein Zeichen dafür, dass sie den gleichen Lebensweg hatten. Oder dass... – jetzt ging Thea auf einmal ein Licht auf: Hatten sie etwa das gleiche

Schicksal? Ja, es konnte gar nicht anders sein! Die Verbindung bezog sich auf das, was die beiden heute besprochen hatten: eine unvollendete Beziehung.

Thea dachte an Hans, der sie zurückgewiesen hatte. Sie erkannte, dass nicht nur Elfriede mit ihrer letzten Beziehung abschließen musste, sondern auch sie. Dabei spielte es keine Rolle, dass sie mit Hans niemals wirklich ein echtes Liebesverhältnis hatte. Noch immer hoffte auch sie, mit Hans zusammenzukommen, was sie wiederum an ihn fesselte. Thea war diejenige, die ihre Wünsche an ihren attraktiven Arbeitskollegen gebunden und sich durch den Trick der Liebe verknallt hatte – all das musste sie sich in diesem Moment eingestehen. Langsam lief ihr eine Träne über die Wange: Die Erkenntnis tat weh und gleichzeitig löste sich in ihrem Herzen ein Knoten, den sie lange ignoriert hatte. Bis jetzt war sie davon überzeugt gewesen, eine starke, toughe Frau zu sein und für ihre Freundin allzeit einen Rat zu wissen. Jetzt musste Thea einsehen: Auch sie war verletzlich, sensibel und nicht fehlerfrei. Sie brauchte ebenfalls jemanden, dem sie ihre Probleme anvertrauen konnte und an dessen Schulter sie sich lehnen durfte. Auch sie lag nicht immer richtig – sie durfte Fehler machen und zuweilen schwach sein. Thea schluchzte und war zutiefst betroffen: Einerseits schämte sie sich, eine derartige Schwäche zu erleben, andererseits fühlte sie eine angenehme Befreiung. Hier am Bach durfte sie Tränen vergießen, sich kraftlos und verwundbar zeigen. Hier konnte sie die Tiefen ihrer ganzen Seele ohne Scham offenlegen. Hier durfte sie um Hans und die mit ihm verbundene Enttäuschung trauern, die Schmerzen herausschreien und voller Wut Steine ins Wasser werfen. Jetzt sah Thea endlich ein, dass sie nicht immer die Starke sein musste – niemand zwang sie dazu. Sie brauchte nicht nur für die anderen da zu sein und ihnen zu helfen, sondern durfte diese Unterstützung auch selbst einfordern.

Plötzlich hörte sie Schritte. Thea drehte sich um und sah, wie Elfriede auf sie zukam. „Was machst Du hier? Du wolltest doch nach Hause, oder nicht?", fragte Thea überrascht. „Ich hatte das Gefühl", sagte Elfriede, als sie vor ihrer Freundin stand, „dass *Du* es heute bist, die eine Umarmung nötig hat." Thea nickte und wischte sich die Tränen von den Wangen. „Woher weißt Du das?", schluchzte sie. „Ich habe es gespürt, als Du mich vorhin in den Arm genommen hast", antwortete Elfriede, „und jetzt lass Dich drücken." Elfriede nahm Thea fest in den Arm und knuddelte sie minutenlang. Thea weinte bitterlich – aber mit den Tränen, die aus ihren Augen kullerten, löste sich in ihr und ihrem Herzen auch viel unverarbeiteter Ballast. Sie spürte die ehrliche Fürsorge, die Liebe ihrer Freundin und wusste genau, dass sie sich

vor ihr nicht zu schämen brauchte. Ja, Thea war vielleicht wirklich die Stärkere von beiden, aber auch sie
durfte sich von Zeit zu Zeit von ihrer anderen, ver-
wundbaren Seite zeigen. Es gab für sie keinen Zweifel, dass Elfriede die Richtige dafür war, um sich auf
diese Weise zu öffnen: Ihr konnte sie vollkommen
vertrauen. Ihre Freundin bot Thea den Schutz und
die Zufluchtsmöglichkeit, die sie in diesem Augenblick so sehr brauchte.

„Du denkst noch immer viel an Hans, oder?",
fragte Elfriede. Thea nickte, schaute dann aber ihrer
Freundin in die Augen und sagte: „Hans? Wer ist
Hans?" – und beide lachten aus vollem Herzen.

Frank war gerührt und mittlerweile gänzlich in Theas
Lebensgeschichte eingetaucht. Er fühlte mit ihr – litt
und freute sich mit ihr. Zusehends wurde ihm außerdem
bewusst, was diese Ballonfahrt wohl seinem Vater bedeutete. Dass Helmut sich zu dem Menschen entwickeln
konnte, der er nun war, hatte er ganz bestimmt auch
Thea zu verdanken. Ja, Frank war sich sicher: Sein Vater hatte von Thea und ihren Erlebnissen gelernt, hatte
mit ihr einen Blick in die tiefe Weltwirklichkeit geworfen und für sich selbst und sein Leben wichtige Erkenntnisse gewonnen. Indem Helmut all die Erlebnisse nach-
träglich aufschrieb und ausschmückte, brachte er
wiederum einen Teil von sich und seine Weltsicht in

diese Geschichten ein. Frank ahnte, dass vor ihm nicht nur Theas Lebensgeschichte lag, sondern ein Stück weit auch die seines Vaters. Das war alles hochinteressant, sodass er unbedingt wissen wollte, wie es weiterging. Frank freute sich auf die nächste Geschichte.

Thea und das Leben

An diesem Samstagmorgen erwachte Thea und empfand ein komisches Gefühl, das sie zunächst nicht einordnen konnte. Sie fühlte sich übellaunig und schlapp, wobei sie allen Grund gehabt hätte, glücklich zu sein. „Was ist mit mir los?", fragte sich Thea, als sie im Bett lag und an die Decke starrte. Völlig ihrer Emotion hingegeben, vermutete sie eine schlimme Krankheit, die in ihr schlummerte. Dafür gab es keine vernünftige Grundlage, aber sobald Thea zurückdachte und sich in Erinnerung rief, welch kräftezehrenden Stress sie in ihrem alten Job gehabt und wie viele Cocktails sie gesoffen hatte, stieg in ihr die Angst auf, wirklich ernsthaft krank zu sein. Es war eine eher diffuse Vermutung und wenngleich sich Thea erst kürzlich vom Arzt hatte gründlich untersuchen lassen, so war sie nicht überzeugt, dass dieser Check ohne Befund war. Aus einem solchen Lebenswandel ohne Blessuren herauszukommen, schien ihr unmöglich und würde an ein Wunder grenzen. Thea glaubte allerdings, dass sie für ein Wunder ganz sicher nicht die Auserwählte war.

Der Gedanke, schwerwiegend erkrankt zu sein, war jedoch nicht die einzige Ursache für ihr komisches Gefühl. Es war wohl auch die Enttäuschung, die sie in Bezug auf Hans erfahren hatte. Dabei spielte diese Erfahrung im Prinzip keine Rolle mehr, denn Thea hatte die Zurückweisung ihres Kollegen mittlerweile verarbeitet und auf eine nachhaltige Art und Weise abgehakt. Vielmehr war es nun die Tatsache, allein zu sein und keinen Partner zu haben. Das war es, was Thea wirklich umtrieb: Sie fühlte sich einsam. Als sie ihren Blick erst nach links und dann nach rechts lenkte, war da niemand. Es schmerzte, das Bettlaken so verwaist zu sehen. Diese Leere in ihrem Bett, die sich allmählich auf ihr ganzes Leben ausbreitete, verstärkte Theas Unbehagen ungemein. Ihre Sehnsucht war so groß, dass sie für diesen Moment sogar vergaß, dass sie niemals allein war oder sein würde – sie hatte ja ihre Familie und vor allem sich selbst. Das spielte für Thea zum jetzigen Zeitpunkt aber eine untergeordnete Rolle, denn dieses Wissen war lediglich in ihrem Kopf präsent und noch nicht in ihrem Herzen dauerhaft verankert.

Zudem – und aus dieser Laune heraus – fragte sie sich, wohin es in ihrem Leben gehen solle. Bisher hatte sie immer ein konkretes Ziel vor Augen: In ihrem alten Job war es der nächste Kunde, den es galt, an Land zu ziehen, den nächsten Konkurrenten auszustechen oder schlichtweg erfolgreich zu sein. Thea wusste ja, dass diese Zielsetzungen sie geradewegs in den Abgrund getrieben hatten, aber gänzlich ohne

Anreiz fand sie keine Orientierung. Nachdem sie ihren alten Job gekündigt hatte und nach Hause gezogen war, stand sie wiederum vor einer neuen Aufgabe: ihrer Oma einen würdigen Lebensabschied zu ermöglichen. Thea hatte dieses Ziel voll und ganz erreicht, da sie ihre Oma in ihren letzten Tagen sehr gewissenhaft pflegte und außerdem zugegen war, als Hildegard ihren letzten Atemzug machte. Sie hatte sich dem Wunsch der Familie bereitwillig angenommen und der Nachklang des Ganzen war nun bereits verstummt.

Thea lag also im Bett und fühlte sich krank, einsam und ziellos. Ihre Stimmung stand im krassen Gegenteil zur aktuellen Wetterlage, denn es schien die Sonne und es sollte ein sehr schöner Tag werden. Vor allem war es abends und nachts sehr mild, sodass man lange draußen sitzen und den Sternenhimmel beobachten konnte. Thea befand sich aber nach wie vor im Bett und ließ die Zeit verstreichen. Erst am späten Vormittag fasste sie den Entschluss, endlich aufzustehen und sich etwas zu überlegen, das ihre Laune verbessern sollte. Sie erledigte aber erst einmal den Haushalt und vertrieb sich irgendwie die Zeit. Am Nachmittag ging sie in den Garten und wollte nach dem Rechten sehen, denn sie hatte viele Tomatenstauden angepflanzt und jeden Tag galt es, diese auszugeizen. Nachdem sie auch dort alles erledigt hatte, fühlte Thea sich weiterhin unzufrieden und suchte immer noch eine Idee, was sie gegen ihre schlechte Laune hätte tun können. Es musste also etwas sein, das rigoros war – etwas Außergewöhnliches und Altbewährtes. Im Garten stehend, schaute Thea schließlich zum Wald und dachte daran, wie sie als Kind mit ihrem Opa dort das eine oder andere Mal übernachtet hatte. Damals war das ein großes Abenteuer – vor allem für sie. Doch so spektakulär, wie es ihr früher erschien, war es überhaupt nicht, denn ihr Großvater kannte genug Stellen im Wald, an denen sie geschützt waren und gut schlafen konnten. Gerade jetzt erinnerte sich Thea aber an einen dieser Orte und beschloss, die heutige Nacht dort zu verbringen. In dieses Vorhaben steckte sie ihre ganze Hoffnung: Es war ihre Rettungsgasse. Also ging sie schnell ins Haus zurück und richtete alles her, was sie für die Nacht im Wald brauchen würde.

Der Abend brach allmählich herein. Theas Eltern und Opa Willi waren aber bis jetzt noch nicht wieder zu Hause, weshalb Thea vorsorglich auf dem Küchentisch einen Zettel hinterlegte, auf dem stand:

Hallo Ihr Lieben!

Macht Euch keine Sorgen — ich übernachte heute im Wald.
Ich möchte herausfinden, wo ich gerade stehe, wohin es in meinem Leben gehen soll und warum ich auf der Welt bin.

Ich frage mich nämlich schon seit Langem:
Bin ich glücklich?
Und falls ja:
Was ist die Berechtigung für mein Glück?

Eure Thea

Sie schnappte sich den Rucksack und verließ das Haus. Zielsicher steuerte Thea die Stelle an, die ihr vorhin eingefallen war. Nach einer guten Stunde hatte sie ihr Ziel erreicht. Hier war es ideal, denn die Bäume standen nicht allzu dicht und so würde es möglich sein, durch die Baumkronen hindurch die Sterne zu betrachten. Thea breitete also ihre Matte auf dem moosigen Waldboden aus, entfaltete ihren Schlafsack und legte ein kleines Kissen auf ihr Nachtlager. Sie aß noch ein Stück Brot und trank einen Schluck Himbeersaft. Dann legte sie sich hin und schaute in den Sternenhimmel.

Weil es für Thea ungewohnt war, auf dem Waldboden und der dünnen Matte zu liegen, fand sie keinen Schlaf. Sie wälzte sich hin und her, kam aber einfach nicht zur Ruhe. Deshalb legte sie sich auf den Rücken, betrachtete den Nachthimmel und konzentrierte sich darauf, warum sie eigentlich hier war. Wie ihr die Gedanken von heute Morgen durch den Kopf schwirrten, so zogen über ihr die Sterne und der Mond vorbei. „Was ist eigentlich mein Problem?", fragte sich Thea. Sie fühlte sich krank, allein und ohne Ziel. Gleichzeitig sah sie dafür aber keinen triftigen Grund. Theas Blick blieb am Mond hängen, der wie ein silberner Taler am dunklen Himmel stand. Langsam schloss sie die Augen.

Sie wähnte sich in einer Rakete, die durch das Weltall flog. Diese Vorstellung war für sie in diesem Moment vollkommen real, sodass es Thea auch nicht wunderte, als sie mit einem krachenden Rumpler auf dem Mond landete. Dann stieg sie aus und blickte ins Universum: Die Erde schien ihr viel kleiner zu sein, als sie sich vorgestellt hatte. Thea kannte viele Aufnahmen und Abbildungen der Erdkugel und hatte sich daraus ein eigenes Bild zusammengestellt. Sie nahm auf dieser Grundlage allerdings an, dass der blaue Planet riesig sei – aber vom Mond betrachtet war er ein winzig kleiner Himmelskörper im riesigen All. Thea schaute lange auf die Erde und war erstaunt, dass sie nur einen einzigen Menschen dort sah: sich selbst. Bei diesem Anblick fühlte sie wieder die Einsamkeit, die sie bereits heute Früh gespürt hatte. Niemand, so dachte sie, war bei ihr. Als Thea das sah, wurde sie sehr traurig.

Mitten in diese Melancholie flog plötzlich eine Mondeule hinein und setzte sich direkt vor sie auf den Boden. Thea erschrak, als der Vogel zu sprechen begann: „Ich sehe, was in Dir vorgeht." Thea brachte keinen Ton heraus. „Ich möchte Dir etwas zeigen", sagte die Eule und wies mit ihrem Flügel zur Erde. Dort war erkennbar, wie aus dem Erdboden ein paar wenige Menschen emporstiegen und sich kreisförmig um die bis dahin alleinstehende Thea herum aufstellten. Mit jeder dieser Personen war Thea durch einen Faden verbunden: Es gab dünne und dicke, bunte und einfarbige Schnüre, die entweder etwas durchhingen oder aber straff gespannt waren.

Einer dieser Fäden verknüpfte Thea mit ihrem Arzt, der in seiner Hand ein Stück Papier hielt. Darauf stand das Ergebnis ihres letzten Gesundheitschecks: Alle Werte befanden sich im grünen Bereich. Damals hatte Thea diesen positiven Befund nicht glauben können. Jetzt, da sie auf dem Mond stand und auf die Erde blickte, fragte sie sich: „Warum kann ich diese erfreulichen Resultate nicht annehmen? Wieso empfinde ich keine Erleichterung? Ich bin doch gesund. Sollte das nicht genügen?" Thea schüttelte den Kopf und blickte auf die weiteren Fäden. Da gab es die großartigen Kollegen, mit denen sie teilweise freundschaftliche Beziehungen pflegte. Da stand ihre Freundin Elfriede, vor der es ihr erst kürzlich gelungen war, sich endlich verletzlich zu zeigen. Zwei etwas dickere Fäden verbanden Thea mit ihrer Mutter und ihrem Vater – und schließlich sah sie sich mit Opa Willi verknüpft. Sie war also gar nicht allein auf der Erde, sondern befand sich in einem sagenhaften, harmonischen Geflecht. Thea entdeckte keine Stelle, an der dieses Netzwerk unvollständig gewesen wäre.

Jetzt musste sie allerdings wieder an ihre Sehnsucht nach einem Partner denken und fand diese plötzlich auf eine gewisse Art und Weise durchaus absurd. Es spielte doch schlichtweg keine Rolle, ob Thea einen Partner hatte oder nicht: Das Geflecht an bereits vorhandenen Beziehungen war sichtlich stark und stabil genug. Thea blickte weiter auf die Erde – und erkannte um den Menschenkreis herum einen Nebel, der ihr intuitiv verriet, dass er ihre Zukunft symbolisierte. Sie erkannte zwar lediglich schemenhafte Umrisse, aber sie hatte keinen Zweifel, dass sich darin ein vages, bisher unbekanntes Ziel befand. Noch lag ihre Zukunft im Nebel – aber irgendwann, vielleicht schon sehr bald, würde sich der Dunst verziehen und das Ziel sichtbar werden. Thea fühlte, wie jeder Mensch auf dieselbe Bestimmung zusteuerte und wie dadurch alle geeint, aber vor allem auch zusammengehörig waren. Hier vom Mond sah alles so einfach aus: Für Thea gab es die Personen um sie herum, mit denen sie durch Fäden verbunden war, und den Nebel, in dem sich ihre Zukunft befand. Das war alles – und wirkte in seiner Einfachheit vollkommen.

„Ich möchte Dir noch etwas zeigen", sagte die Eule plötzlich. Da schaute Thea durch das Weltall und sah in weiter Ferne ein helles Licht. „Ist das die Sonne?", fragte sie. Die Eule nickte. Die Sonne kam zusehends näher und blendete Thea. Diese hielt sich nun die Hand vor die Augen und wendete ihren Blick ab. Es fiel ihr um einiges leichter, auf die Erde, auf das Gewohnte zu schauen. Vor der Sonne fürchtete sich Thea sogar ein bisschen, weil sie ihr zu gigantisch, ja, zu machtvoll erschien. Gleichwohl kam ihr nun die Ahnung von einem höheren Ziel in den Sinn und sie vermutete, dass es in der Sonne liegen könnte und viel größer war als das, was im Erdennebel verborgen lag. Thea war so verwirrt, dass sie sich nicht entscheiden konnte, ob sie auf die Erde oder in die grenzenlose Helligkeit schauen sollte. Aber je länger und öfter sie immer wieder einen Blick ins Sonnenlicht wagte, desto mutiger wurde Thea und desto besser hielt sie dem Drang stand, sich abzuwenden. Mit der Zeit gewöhnte sie sich daran, in die Sonne, in das helle Licht zu sehen. Am Ende verstand Thea sogar, dass sie sowohl in die Sonne als auch zur Erde schauen *musste*, um eine ganzheitliche Zufriedenheit zu spüren: Nur wenn sie beide Planeten ansah, war sie glücklich. „Einfach schön!", schwärmte Thea. Die Eule freute sich und merkte, dass es nun Zeit war, sich voneinander zu trennen. Also breitete sie ihre Flügel aus und nach ein paar kurzen heftigen Schlägen stand sie in der Luft. Thea wusste genau, was sie der Mondeule zu verdanken hatte: Sie vermochte es, ihr die Erde und die Sonne, die vielen, relevanten Beziehungen und das wesentliche Ziel zu offenbaren. Da flatterte die Eule schließlich davon und Thea sah ihr nach. Dabei fiel ihr Blick auf die Rakete, mit der sie hierher gekommen war. Sie fasste nun den Entschluss, wieder in die Rakete zu steigen, um zurück zur Erde zu fliegen.

Da ließ ein lauter Eulenruf Thea plötzlich zusammenfahren. Sie war nicht mehr auf dem Mond und schaute auch nicht mehr in die Sonne: Sie befand sich wieder auf der Erde und lag im Wald zwischen den Bäumen. Die Sterne und der Mond waren verschwunden, der Sonnenaufgang noch eine Weile entfernt. Lediglich die Farbe des Himmels kündigte bereits den neuen Morgen an. Thea aber versuchte sich zu sammeln und erinnerte sich an den vergangenen Tag: Übellaunig war sie aufgewacht und hatte sich krank, einsam und ziellos gefühlt. Dieser Eindruck beschlich sie nun wieder und bedeckte ihre Erinnerung an die Mondfahrt. Thea stand nunmehr am Rande der Verzweiflung, da ihre Idee, im Wald zu übernachten, ihre letzte Hoffnung gewesen war. Jetzt hatte sie eher den Eindruck, dass die Aktion völlig umsonst gewesen sein sollte.

Langsam wurde es hell, sodass die ersten Sonnenstrahlen allmählich auf die Erde und durch die Baumkronen hindurch fielen. Thea blinzelte, weil die Sonne sie blendete. Jetzt erinnerte sie sich schlagartig an das Erlebnis aus der vergangenen Nacht zurück: Sie hatte die Mondfahrt und die Eule wieder klar vor Augen. In ihrem Herzen entstand daraufhin ein besonderes Gefühl, das alle Unzufriedenheit überstrahlte – und diese Emotion drang schließlich auch nach außen. Deswegen schlüpfte Thea direkt aus ihrem Schlafsack, streckte sich ergiebig und lief dann ein kleines Stück in Richtung Osten. Nach wenigen Minuten erreichte sie einen Abgrund. Vorsichtig ging sie bis zum Rand und vergewisserte sich, dass sie sicher stand und der Boden nicht abrutschen konnte.

Sie schaute nach vorne und horchte tief in sich hinein: Das positive Gefühl wurde stärker und intensiver. Langsam stieg es nach oben und Thea wusste, dass sie es verbal herauslassen musste, sonst würde es sie zerreißen. Es war eine Art Wollknäuel, das aus vielen verschiedenen Fäden bestand: Alle hatten eine andere Farbe, aber alle Farbnuancen waren hell, leuchtend und warm. Thea sah jetzt ein, dass es viele Menschen gab, die sie liebten. Sie wusste, dass sie ein bestimmtes Ziel hatte und es irgendwann finden würde. Auf einmal ergab alles einen Sinn: Sie war es wert, Glück zu empfinden und sich selbst zu lieben. Sie musste keine Angst vor ihrer Sonne, ihrem eigenen Licht haben. Ja, auch Thea durfte glücklich sein. In diesem Moment verflüchtigten sich alle negativen Gefühle, die sie in sich getragen hatte – und damit all die Einsamkeit und Traurigkeit, all die Unzufriedenheit und schlechte Laune, all die quälenden Sorgen und Schmerzen: Alles fiel von Thea ab und löste sich auf. Jetzt konnte sie ihren Mund öffnen und das neue Gefühl hinauslassen. Sie atmete tief ein und rief über den Abgrund in den Wald hinein: „Ich liebe das Leben!"

Thea hatte erkannt: Ihre Unzufriedenheit war völlig grundlos gewesen. Sie durfte glücklich sein und das Schöne betrachten, ihren Blick wechseln und ihr Glück anerkennen, sie durfte einsehen (und sich darüber sogar freuen), nicht krank, sondern gesund zu sein, nicht allein, sondern mit wundervollen Menschen zu leben – und nicht planlos, sondern zielgerichtet vorwärts zu gehen. All dies war Thea nun möglich: Ihr war es erlaubt, in ihr eigenes Licht zu blicken, das auf einmal so viel heller schien als ihr bisheriges. Thea akzeptierte zunehmend, dass sie nicht nur glücklich sein, sondern ihr Glücksgefühl auch ausdrücken durfte, dass sie liebte und geliebt wurde. In Wirklichkeit war ihre Angst vor dem Leben bislang größer gewesen als vor Krankheit, Einsamkeit, Ziellosigkeit und dem Tod. Nun nahm sie ihr Leben an, wie es war – wundervoll und wunderschön.

Thea schnaufte aus und senkte den Kopf: Jetzt war es draußen, jetzt war es endlich gesagt und begriffen. Sie hob nun wieder den Kopf und lächelte zufrieden. Nun wusste die ganze Welt von ihrem Glück und ihrer Liebe – der Liebe für sich, für andere Menschen und vor allem der Liebe für das Leben, die alles beinhaltete. Dann ging Thea langsam zurück zu ihrer Schlafstätte, packte alle Sachen zusammen und machte sich schließlich auf den Heimweg.

Es war noch früh am Morgen, als sie ihr Zuhause erreichte. Leise öffnete sie die Haustüre und bemerkte, dass ihre Eltern und Opa Willi noch schliefen. Auch sie wollte sich noch etwas ins Bett legen, war sie doch sehr müde. Auf dem Weg zu ihrem Zimmer kam Thea am Küchentisch vorbei und sah den Zettel, den sie hinterlegt hatte. Sie erkannte an der Handschrift, dass Opa Willi offenbar etwas zu der Notiz geschrieben hatte. Auf Theas Frage, was die Berechtigung für ihr Glück sei, hatte ihr Großvater geantwortet: „Die Berechtigung für Dein Glück ist das Leben, bist *Du* selbst."

Frank erinnerte sich, dass auch er mit seinem Vater einige Male im Wald, der ja direkt an das neue Zuhause angrenzte, übernachtet hatte. Stammte diese Idee etwa aus Theas Erzählung? Frank erkannte zunehmend, welch großen Einfluss diese besondere Dame auf seinen Vater gehabt haben musste. Er staunte – zumal auch in ihm bereits der Gedanke aufgekommen war, mit seinem Kind irgendwann einmal im Wald eine Nacht zu verbringen. Frank schüttelte ungläubig den Kopf: Er konnte nicht fassen, wie sehr Theas Erlebnisse seinen Vater und sein eigenes Leben beeinflusst hatten – und es offenbar noch immer taten. Frank wusste in diesem Moment nicht, ob er das gutheißen sollte. Er fühlte also in sich hinein, in sein Herz, und war sich dann schnell sicher: Das alles war nicht nur gut, sondern hervorragend. Dass sein Vater Thea bei einer Ballonfahrt in diesem Maße kennenlernen durfte, war ein Geschenk – ein großes, bedeutendes Geschenk!

Frank blickte ins Buch zurück und sah eine weitere, kurze Notiz: „Fahrt in Richtung Nordosten, über eine kleine Lichtung hinweg". Voller Neugierde schlug er die nächste Seite auf und begann, weiterzulesen.

Die Bildkräfte

Eines Tages ging Thea wie so oft im Wald spazieren, um die letzten turbulenten Wochen zu verarbeiten. Ihr persönlicher Wohlfühlort half ihr schließlich immer, den Kopf freizubekommen und Vergangenes endlich Revue passieren zu lassen. Thea versuchte also, all die vielen Erlebnisse und Erkenntnisse in eine Struktur und Ordnung zu bringen. Dabei sollte ihr heute ein Ritual helfen, das ihr von Elfriede empfohlen worden war: Sie wollte alte Fotos verbrennen. Thea hatte deswegen drei Bilder dabei, die sie allesamt in ein Feuer werfen wollte.

Es gab in dem Wald noch eine weitere, kleinere Lichtung, die ihr heutiges Ziel sein sollte. Hier war sie einst mit ihrem Opa und hatte einen Jäger getroffen, der ihnen allerhand Interessantes über den Forst erzählte. Der Herr war damals schon etwas betagt, dennoch war ihm anzumerken, wie viel ihm der Wald und die Jagd bedeuteten. Er würde seinem geliebten Hobby nachgehen, solange er noch etwas Kraft in seinem Körper spürte – da waren sich Opa Willi und seine Enkelin damals einig. Dieser Jäger, das stand für Thea heute fest, musste aber mittlerweile schon lange tot sein.

Nach einer kurzen Weile erreichte sie dann auch ihr Ziel. Der Gedanke an das kommende Ritual machte sie ja schon ein bisschen nervös. Sie war aber vor allem auch freudig aufgeregt und hoffte, dass sie dadurch ein Stück vorankommen würde – in ihrem persönlichen Wachstum. Das war letztlich der Grund, warum sie heute die kleine Lichtung ansteuerte. Thea plante, sich nicht nur im Äußeren zu verändern und neue Wege zu gehen, sondern steuerte ebenfalls im Inneren, in ihrem Geiste ein Vorankommen an. Bevor sie nun die Lichtung betrat, sammelte sie vorsorglich mehrere Zweige und Äste ein. Auf direktem Weg ging sie dann zur Feuerstelle, die sich in der Mitte der Lichtung befand. Dort stellte sie gekonnt die Zweige pyramidenförmig auf – Opa Willi hatte ihr das beigebracht. Mithilfe ihres Feuerzeugs entzündete sie schließlich das Holz, sodass innerhalb weniger Minuten ein kleines Feuer brannte, das allerdings schnell größer wurde, da Thea stetig größere Zweige und Äste nachlegte. Dann holte sie die Fotos aus ihrer Jackentasche.

Eines der Bilder zeigte Hans: In ihn hatte sie sich unsterblich verliebt, ihm hatte sie sogar ihre Gefühle offenbart – doch er wies sie am Ende zurück. Auf dem zweiten Foto war wiederum Thea selbst zu erkennen, die ein Cocktailglas in der Hand hält und betrunken in die Kamera lächelt. Auf dem dritten Foto war sie mit ihren jetzigen Kollegen und ihrem Chef zu sehen. Auch wenn sie die Personen auf dem letzten Foto sehr mochte, hatte sie mittlerweile erkannt, dass sie ihre Bedürfnisse nicht langfristig befriedigen konnten.

Thea nahm also die drei Bilder in die Hand – und mit ihnen alle Erinnerungen, die sie mit den abgelichteten Figuren verband, die guten und die schlechten Momente. Sie spürte, welche Kraft das Gezeigte noch immer auf sie ausübte. Damit hatte Thea nicht mehr gerechnet, doch die Bilder wirkten auf sie – teils negativ und teils positiv. Das war ein absolutes Wechselbad der Gefühle! Thea musste sogar kurz ihren Blick von den Fotografien abwenden, damit sie nicht vollkommen überwältigt wurde. Da dachte sie an ihren Opa Willi und an das, was er ihr einst erzählt hatte: „Kräfte können nur dann wirken, wenn sie auf eine Gegenkraft oder einen Widerstand treffen." Falls ihr Opa da recht hatte – und das hatte er ja im Prinzip meistens: Wie könnte das auf Theas jetzige Situation übertragen werden? Auf welche Gegenwehr trafen dann die Kräfte, die von den Fotos ausgingen? Thea überlegte und kam schließlich zu dem Ergebnis: „Diese Gegenkraft oder dieser Widerstand kann doch eigentlich nur in mir liegen. Alles andere macht keinen Sinn."

Sie schaute wieder auf die Fotos, die sie in ihrer Hand hielt – und erkannte jetzt, wie diese schluss-endlich Kräfte ausstrahlten. Aber wo wirkten sie? Was war die Gegenkraft, was fungierte als Wider-stand? Thea stellte sich nun einen Kinosaal vor, in dem ein Film gezeigt wurde, den ein Projektor wie-derum an die große Leinwand warf: Ein Film war ja prinzipiell nichts anderes als eine Anhäufung von zig Bildern. Thea malte sich jetzt aus, im Kino zu sitzen. Ihr wurde schnell bewusst, dass die Aufnahmen, die letztlich eine Szene bildeten, erst ihre Kraft bzw. ihre Wirkung entfalteten, sobald die vielen Bilder auf der Leinwand zu sehen waren: Je nachdem, was gezeigt wurde, gruselte sich Thea, verspürte Spannung oder sie hatte einfach großen Spaß. Auch dabei entstanden also negative, positive oder gemischte Emotionen. Die Voraussetzung für eine einschlägige Gefühlsre-aktion war jedoch stets, dass es eine Leinwand oder ähnliches gab, auf die der Film projiziert wurde. Aber wo befand sich denn nun das entsprechende Äquivalent in Thea?

Wieder erinnerte sie sich an ihren Opa. Er hatte ihr oft gesagt, dass die Seele des Menschen ein Spie-gel sei. Das hatte sie schon als kleines Mädchen nicht auf Anhieb verstanden. Was meinte Opa Willi also damit? Ein gewöhnlicher Spiegel zeigte immer das, was sich in seinem Blickfeld befand. Wenn nun aber die Seele auch ein Spiegel war, dann zeigte sie alles, was sich in *ihrem* Blickfeld befand – oder lag sie da falsch? Thea blickte völlig gedankenversunken ins Feuer und stellte sich vor, wie in ihrer Seele ein Spiegelbild, ein Abbild dieses Feuers entstand. Ja, so musste es sein: Die Seele spiegelte alles, was Thea mit den Augen, ja, sogar mit den Ohren und allen anderen Sinnen wahrnahm. Sobald sie also einen neuen Sinneseindruck hatte, wurde dieser in ihrer Seele abgebildet, wie ein Film auf der Leinwand. Jetzt fügte Thea die gedanklichen Puzzlestücke zusammen und verstand allmählich: *Ihre* Seele war die Leinwand, auf der die Fotos reproduziert wurden und ihre Kräfte entfalteten.

Dies fühlte sich allerdings teilweise unangenehm für Thea an, sodass sie sich fragte: „Was kann ich dagegen tun? Wie muss ich reagieren, um diese Kräfte zu unterbinden?" Da nahm sie die Fotos und warf sie einfach ins Feuer. Eine rasche Entscheidung, ein endgültiges Ergebnis – auf eine unvermutete Aktion folgte die unvermeidbare Reaktion. Alles ging auf einmal ganz schnell: In einem Nu verbrannten die Fotos, bis nur noch ein Häufchen Asche übrigblieb. Ja, das war wohl eine Möglichkeit: die Bilder unwiderruflich zu zerstören und die Sinneseindrücke damit auf ein Minimum zu reduzieren. Thea empfand allerdings in ihrem Vorgehen keine Befriedigung, denn obwohl sie die Bilder nun vollends verbrannt hatte, existierten die Eindrücke in ihr nach wie vor als Erinnerung. Die beste Idee war ihr unüberlegtes Vorgehen daher wohl auch wieder nicht. Thea überlegte also intensiv, was es für eine andere Möglichkeit gab, um den Einfluss der weiterhin allgegenwärtigen Kräfte zu verringern.

„Die Bildkräfte wirken erst, wenn sie auf eine Leinwand stoßen – oder auf eine Gegenkraft treffen", resümierte Thea und vermutete weiter, „diese muss sich auch in meiner Seele befinden." Sie nahm an, dass es eine besondere Kraft gab, mit der sie sich an Menschen und vergangene Ereignisse zurückerinnerte. Thea nannte sie schlicht und ergreifend Gedächtnis. „Mithilfe dieser Kraft kann ich nun Bilder auf meine Leinwand, also meine Seele projizieren", folgerte Thea. Wenn sie letztlich ein Foto von Hans anschaute und sich an ihn erinnerte, passierte zweierlei: Erstens entstand ein Abbild von Hans in ihrer Seele und zweitens traf die Bildkraft auf eine Gegenkraft, Theas Gedächtnis. Sie dachte also an Hans und an die Situation zurück, als er ihre Gefühlsäußerungen unerwidert ließ – *dieses* Bild machte sie traurig. Es verhielt sich so, als säße sie in einem Kino und schaute einen Film. Nur auf dieser Grundlage konnte sich die Energie des Bildes überhaupt entfalten. So verhielt es sich im Prinzip gleichermaßen mit allen anderen Fotos und Eindrücken. Thea überlegte weiter: „Wenn nun aber die Kraft des Fotos auf *keine* Gegenwehr stoßen würde, könnte sie auch nicht wirken." Plötzlich wurde ihr die zweite Möglichkeit bewusst, die ihr auf lange Sicht wesentlich nachhaltiger erschien: Solange sie beim Anblick der Fotos ihre eigene Kraft nicht aktivieren, sie diese also quasi ausschalten würde, wären die Abbildungen bedeutungslos und könnten daher keine Emotionen auslösen. So könnte Thea, wenn sie zum Beispiel eine Foto von Hans in der Hand hielt, ihr Erinnerungsvermögen dahingehend trainieren, dass sie *nicht* an die Szene am Bach zurückdachte. Dann würde in ihrem Inneren auch kein Bild entstehen, das sie traurig machte. Thea ahnte sofort, wie viel Übung und Disziplin diese Vorgehensweise von ihr abverlangen würde.

Neben ihrem Gedächtnis vermutete Thea noch weitere versteckte Energien in sich, die sie als Seelenkräfte bezeichnete. Sie stellte sich diese wiederum als lange Tentakel vor, die von der Seele ausgingen. Eben diese Fangarme musste sie an die Stelle zurückholen, an der sie ihren Ursprung hatten. Ja, die Seelenkräfte mussten in ihren Ursprung zurückfinden, damit die vielen Bildkräfte, die es in der Welt gab und denen nur schwer zu entkommen war, gar nicht erst ihre Wirkung entfalten konnten. Waren nicht

Theas Träume und Wünsche, Hoffnungen und Vorstellungen auf eine gewisse Art und Weise ebenso
Bilder? Auch diesen inneren Eindrücken konnte sie
sich entziehen, wenn sie ihre Tentakel, die Seelenkräfte, rigoros einzog.

Wenn aber keine Kraft mehr auf Thea wirkte, weder die der äußeren noch die der inneren Bilder, was
würde dann passieren? Bislang machten sie – oder
vielmehr deren Abbilder in Theas Seele – ihr Leben
aus. Alles, was sie sah, hörte oder roch, alles, woran
sie glaubte, waren ja diese Bilder. Was wäre mit
Thea, würden sie verschwinden? Würde auch sie
aufhören zu existieren und sich in Luft auflösen?
Thea schauderte es bei diesem Gedanken.

Sie hatte zwar Angst, all ihre Kräfte in den Ursprung zurückzuziehen, weil sie nicht wusste, was
dann passieren würde, aber es galt fortan, diese
Furcht dennoch zu überwinden. Also versuchte
Thea, ihre Seelenkräfte in den Seelenursprung zurückzuholen und ihre Fangarme einzufahren. Dabei
wurden die Erinnerungen und Sinneseindrücke allmählich schwächer. Thea dachte nicht länger an Vergangenes oder an die Zukunft, sie nahm peu à peu
weniger wahr – und das war durchaus wortwörtlich
zu verstehen: Am Ende hielt Thea nichts mehr für
echt. Das, woran sie bisher geglaubt hatte, erfuhr
eine Veränderung: Es begann, langsam zu zerbrö-

ckeln – nicht sofort und vollständig, aber ein innerer Auflösungsprozess war nun in Gang gesetzt worden. Er sollte alles, wirklich alles auf den Kopf stellen und dabei fühlte sich Thea zunehmend freier und unabhängiger. Langsam verstand sie, was gerade passierte: Je weiter sie in ihren Ursprung zurückwich, desto weniger konnten die äußeren und inneren Bildkräfte wirken und Einfluss nehmen. Das schuf zugleich einen gewissen Raum, in dem sich ein Freiheitsgefühl ausbreitete. Durch das Überwinden ihrer Angst hatte sie etwas Wundervolles gewonnen – Thea fühlte sich wie neugeboren und mit Glückseligkeit überschüttet. Tatsächlich kam es ihr wie eine Geburt vor, in der ein anderes, freieres und unabhängigeres Ich fortwährend zum Leben erweckt wurde. Ihr altes Selbst, das voller Sorgen und Ängste, Zweifel und Bedenken gewesen war, hatte sie nun endlich abgelegt. Ihr neues Ich nahm sie vor allem in ihrem Herzen wahr: Dort spürte sie keine Knoten, keine Furcht mehr – und empfand stattdessen eine stets größer werdende Energie, die ihr ermöglichen würde, ihr Leben fortan auf eine andere Art und Weise zu führen. Jetzt wusste sie, was es bedeutete, aus freiem Herzen zu leben: frei von Ängsten und Erwartungen, frei vom Einfluss der äußeren und inneren Bilder. Stattdessen würde sie wie neugeboren *durch* das Leben und *mit* dem Leben gehen – frei und unabhängig.

Thea blickte nun in das fast erloschene Feuer. Von den drei Fotos war außer Asche nichts mehr zu sehen. Sie dachte an Hans, an die vielen Cocktails, die sie getrunken hatte, und an die Arbeitskollegen und ihren Chef. Seltsam: Vorhin hatten diese Erinnerungen noch starke Gefühlswallungen in ihr ausgelöst. Nun war alles anders, denn sie spürte auf einmal nichts weiter als Freiheit und Unabhängigkeit. Thea war überwältigt und strahlte von innen heraus. Wieder empfand sie eine große Dankbarkeit gegenüber ihrem Opa, schließlich hatte sie von ihm das Wissen über die in ihr schlummernden Kräfte und die Seele als Spiegel erhalten. Damit war es ihr gelungen, ihren Wunsch nach Wachstum zu erfüllen – gerade geistig hatte sie einen großen Schritt vorwärts gemacht.

Das Feuer brannte vollends ab und Thea machte sich auf den Heimweg. Das Ritual, welches ihr von Elfriede empfohlen worden war, hielt sie tatsächlich für nützlich. Sie wusste allerdings, dass es in erster Linie nicht das Verbrennen der Fotos gewesen war, das sie weitergebracht hatte, sondern die Entwicklung in ihrem Denken und Fühlen, in ihrem Kopf und ihrem Herzen. Erkenntnis und Gefühl hatten sich am Ende erfolgreich zusammengetan und sich gegenseitig bestärkt, sodass sich Thea jetzt als Neugeborene weitaus besser fühlte. Mit diesem neuen Ich wollte sie fortan durch die Welt gehen und das bedeutete: aus freiem Herzen zu leben.

„Aus freiem Herzen leben", wiederholte Frank gedankenverloren, während er seinen Blick hob. Das war es! Darum drehte sich dieses Buch, das war der Kern von Helmuts Geschichten, die Quintessenz aus Theas Erlebnissen. Ja, darum ging es letztlich auch in seinem eigenen Leben und im Leben aller anderen. Das war das oberste und höchste Ziel, das es für jeden einzelnen und die gesamte Menschheit gab. Frank spürte, wie sich diese Erkenntnis einen Weg durch sein Inneres bahnte und sein Herz schneller schlagen ließ. Hier auf dem Dachboden wurde ihm klar, worum es im Leben wirklich ging, was der Zweck seines Daseins war und worin aller Sinn steckte. Frank hätte vor Freude weinen können – aber das empfundene Glück war zugleich so schön und warmherzig, dass es keine Tränen brauchte, sondern in Franks Gesicht stattdessen ein breites Lächeln auslöste.

Er legte seinen Daumen an die restlichen Seiten des Buches, ließ die Seiten kurz abblättern und sah, dass noch einige folgten. Was aber konnte sich an das eben Gelesene und Erfahrene noch anschließen? Was konnte Theas Erkenntnis überbieten? Ja, was konnte *seine* Einsicht übertreffen? War eine Steigerung überhaupt möglich? Voller Spannung blickte Frank auf die kommende Geschichte.

Das Nichts der Bilder

Ein paar Tage nachdem Thea die Fotos verbrannt hatte und in ihr neues Ich geboren wurde, ging sie erneut zur kleinen Lichtung im Wald. Es war ein schöner Spaziergang – nicht zu lang und nicht zu kurz, sondern ideal für heute. Während sie so durch den Wald lief, dachte Thea wieder an die Bildenergien, die sowohl von außen als auch von innen auf ihre Seele trafen. Sobald diese einen Widerstand darstellte oder eine Gegenkraft aussendete, konnten die Bilder direkt ihre Mächte entfalten. Deswegen galt es für Thea, ihre Seelenkräfte in den Ursprung zurückzuholen, damit die Bildenergien ohne unerwünschte Einflussnahme einfach an ihr vorbeifliegen konnten. Sie spürte an diesem Tag jedoch genau, dass hinter dieser Erkenntnis noch eine weitere steckte.

Als Thea die kleine Lichtung erreicht hatte, steuerte sie geradewegs die Feuerstelle an. Darin lag lediglich noch ein bisschen Asche und ein angekokeltes Holzstück. Von den verbrannten Fotos war allerdings überhaupt nichts mehr zu sehen – kein noch so winziges Überbleibsel der abgelichteten Erinnerungen war in irgendeiner Form nachweisbar. Thea schloss die Augen und stellte sich eine gewisse Zeit lang vor, wie vor ihr ein großes, schönes Feuer brannte. Sie genoss diese Vorstellung und war zufrieden – bis sie plötzlich ein Geräusch hörte, was die Ruhe abrupt auflöste. Da öffnete Thea schnell ihre Augen und horchte in die Umgebung: Irgendwo raschelte es. Wer oder was verursachte dieses Geräusch? Sie blickte nach rechts und sah schließlich ein scheues Reh zwischen den Bäumen hervorkommen. Thea verhielt sich nun mucksmäuschenstill und bewegte sich nicht, denn sie wollte diesen Anblick so lange wie möglich auskosten. Wie ästhetisch und anmutig dieses Tier doch wirkte! Aber schon bald entdeckte das Reh, dass es nicht allein war und beobachtet wurde, und verschwand daraufhin geschwind im Wald. Thea freute sich trotzdem sehr über diese intime Begegnung und war überaus dankbar. Gleichwohl spürte sie, wie flüchtig dieses Glück doch war und wie es sie traurig stimmte, dass dieser besondere Moment und das damit einhergehende Gefühl so schnell enden würde.

Sie schloss also erneut die Augen, stellte sich das Feuer vor und dachte an das Reh, das für eine kurze Zeit auf der Lichtung erschienen war: Diesen Anblick hielt Thea vor ihrem inneren Auge in einem Bild fest. Sie fror quasi die gesamte Szenerie ein, machte eine Art Foto davon. Gedanklich nahm sie dieses in die Hand, betrachtete es und drehte es herum, um zu sehen, ob sich dahinter etwas befand: Aber dort war

nichts. Thea wunderte sich darüber, dass das Licht-
bild kein Fundament, keinen Ursprung und keine Ba-
sis hatte. Es war einfach ein Foto, das einen bestimmten Augenblick abbildete. Als Thea das erkannt hatte,
zog sie die Konsequenz, dass dieses Bild eigentlich
keine Kraft haben konnte. Wo sollte die Kraft auch
herkommen? Gleichzeitig rief das innere Foto etwas
Angenehmes in ihr hervor, weil sie doch gerne an
das Reh zurückdachte. All das kam ihr sehr wider-
sprüchlich vor: Wie konnte es sein, dass Bilder keine
Kraft hatten und zugleich etwas im Betrachter aus-
lösten? War vielleicht alles eine Einbildung des Menschen? „Gut möglich", dachte sich Thea.

Sie hielt die Augen nach wie vor geschlossen. Mit
einer ausgedachten Pinzette ergriff Thea nun das
Foto des Rehs und drehte es so herum, dass sie exakt
auf die Kante des Bildes schaute – sie blickte sozusagen im rechten Winkel auf das Foto. So konnte sie am
besten sehen, dass sich hinter und neben dem Bild
nichts befand, was ihm eine wirkliche Kraft hätte geben können. Aus diesem Blickwinkel sah Thea lediglich einen Strich, so als wenn sie ein Blatt Papier von
der Seite betrachten würde. Außer dieser Linie sah
sie nichts – und genau das war es, was die Bilder in
Wirklichkeit in ihrem Kern waren: ein Nichts. Sie waren in ihrer Urgestalt weder schlecht oder minder-
wertig noch gut oder wertvoll, sondern einfach

nichts. Alle Bewertungen, die den Bildern zuge-
schrieben wurden, stammten von Thea selbst. Sie
dachte: „Alle äußeren und inneren Bilder haben zwar
enorme Kräfte, aber diese Kräfte gebe *ich* ihnen.
Wenn ich an Hans denke oder mir ein Foto von ihm
anschaue, bestimme ich, wie stark es auf mich wirkt.
Oder wenn ich an das Reh zurückdenke, bin ich diejenige, die ihm eine Bedeutung zukommen lässt. Erst
wenn ich all die Bilder auf das hin anschaue und prü-
fe, was sie wirklich sind, erkenne ich, dass sie keine
größere Bedeutung haben. Sie haben kein Fundament. Nichts steckt hinter ihnen – deswegen sind die
Bilder selbst belanglos. Wenn das wiederum auf die
Eindrücke zutrifft, dann können sie auch keine wirkliche, eigene Kraft haben." In Theas Vorstellung
brannte noch immer das Feuer. Also führte sie das in
ihrer Gedankenwelt aus, was sie vor Kurzem auch in
Wirklichkeit getan hatte: Sie nahm das Foto und legte
es in die lodernden Flammen. In einem Nu verbrann-
te das Bild und mit ihm die damit verbundenen Emotionen.

Dann öffnete Thea wieder ihre Augen und war
vollkommen verblüfft: Sie konnte also nicht nur reale
Fotos in ein Feuer werfen und verbrennen, sondern
auch erdachte Eindrücke und Bilder. Dabei konnte es
sich um alles Mögliche handeln: Erinnerungen, Wünsche und Vorstellungen – dem schienen keine Gren-

zen gesetzt. Thea musste lediglich ein Bild davon machen, es einfrieren und wie ein Foto in die Hand nehmen, es drehen und dabei erkennen, dass nichts dahinter steckte. Sie konnte die Vorstellung daraufhin
nehmen, wie man z. B. eine Briefmarke mit der Pinzette behutsam anpackte, und ins Feuer geben. Es
faszinierte Thea, dass sie Erinnerungen und Erlebnisse, Zukunftsgedanken und Wünsche objektiv betrachten und herumdrehen konnte, um sie auf ihre
Echtheit und Relevanz, Berechtigung und Macht hin
zu prüfen.

Sie ging auf der Lichtung ein paar Schritte auf und
ab. Dabei konzentrierte sie sich auf jeden einzelnen
Schritt, wie sie ihre Füße auf den Boden setzte und
abrollte – immer und immer wieder. Wenn sie sich
darauf fokussierte, dachte Thea weder an Vergangenes noch an Zukünftiges, sondern befand sich im
Hier und Jetzt. Es dauerte nicht lange und ihre Gedanken waren wieder bei der neuen Erfahrung, die
sie vorhin gemacht hatte. Also hielt sie an und wollte
einen neuen Versuch starten, der ihr demonstrieren
sollte, ob sie mit dem, was sie gerade verinnerlicht
hatte, wirklich im Recht lag.

Thea schloss abermals die Augen und rief sich
eine traurige Erinnerung ins Gedächtnis: den Tod ihrer Oma Hildegard. Die Enkelin hatte ihre Großmutter bis zu ihrem Tod gepflegt und war als einzige an

ihrer Seite, als diese starb. Thea stellte sich nun exakt diese Szene vor und stoppte den Film genau an der Stelle, als Hildegard das letzte Mal ausatmete. Wie traurig war Thea damals gewesen! Aber was empfand sie jetzt, mit etwas zeitlichem Abstand? Da nahm Thea dieses innere Bild gedanklich in die Hand und sah lediglich zwei Personen auf der Fotografie: die eine lag im Bett und die andere saß auf der Bettkante. An sich gab es da überhaupt nichts Schreckliches oder Trauriges. Nur weil Thea wusste, dass die Person im Bett ihre sterbende Oma darstellte und das Bild damit den letzten gemeinsamen Moment der beiden einfing, hatte das Foto eine Bedeutung. Thea drehte die sinnbildliche Darstellung also herum, schaute auf die Rückseite, hob sie dazu noch nach oben und unten, danach blickte sie auf die Kanten des Fotos – und mit der Zeit verlor das Bild seine Bedeutung. Thea entdeckte am Ende nichts mehr, woraus es eine Kraft hätte ziehen können. Vielmehr erkannte sie nun, dass das Foto, welches Großmutter und Enkelin in den letzten gemeinsamen Minuten zeigte, nichts Schlimmes war. Diese Empfindung konnte wiederum auf den Verlust ihrer geliebten Oma Hildegard übertragen werden: Am Ende war der Abschied unumgänglich. Darin lag nichts Trauriges oder Unnatürliches. Ihre Oma hatte ein erfülltes, langes Leben. Sie wurde von vielen Menschen bedingungslos geliebt und geschätzt. Thea selbst kannte den außerordentlichen Wert ihrer Beziehung. Das vermeintlich rein negative Ereignis hatte letztlich die Bedeutung, die man ihm gab – und in diesem Moment nahm Thea ihm seinen Schrecken. Ihr wurde schließlich bewusst, dass der Tod am Ende einen unvermeidlichen Teil des Lebens darstellt. Thea spürte nun, wie sich eine große Traurigkeit von ihrer Seele abtrennte: Alle Fesseln lösten sich allmählich auf. Erst jetzt konnte sie sich wirklich von ihrer Großmutter verabschieden und sie loslassen. „Mach's gut, Oma! Danke für alles", flüsterte Thea und lächelte dabei. Jetzt fühlte sie sich frei, öffnete ihre Augen und atmete durch.

Thea fühlte, wie sich in ihrem Inneren eine Freiheit entwickelte – ermöglicht durch die Loslösung von Bildern und deren vermeintlichen Kräften. Es gab nun drei Wege, mit äußeren und inneren Eindrücken, mit Erinnerungen und Vorstellungen umzugehen: Thea konnte die Bilder zerstören und damit deren Anzahl und Reize verringern. Sie konnte ihre Seelenkräfte auch in den Ursprung zurückziehen, damit die Bilder keine Wirkung mehr erzielten. Thea hatte jedoch ebenfalls die Alternative, alle Vorstellungen, vor allem die inneren Abbilder, zu nehmen und gedanklich ins Feuer zu legen und zu verbrennen, also in Gänze auszulöschen. Diese Bilder besaßen am

Ende nichts, was ihnen tatsächlich eine Kraft hätte verleihen können. All die Kräfte erhielten sie durch Zuschreibung: Welches Bild letztlich wie viel Macht besaß, das entschied jeder ganz für sich allein. Die Bilder waren ein reines Nichts – und dass Thea mit ihnen so frei und eigenständig umgehen konnte, erleichterte sie und machte sie glücklich.

Mit dieser wichtigen Erkenntnis trat Thea schließlich den Heimweg an. Sie ahnte, wie weitreichend die heutige Einsicht für sie sein sollte und welche Möglichkeiten sich ihr jetzt ergeben würden. Dennoch kam nun eine gewisse Ängstlichkeit in Thea auf, da ihr neues Ich immer größer und stärker wurde, was sich im Prinzip wundervoll anfühlte, aber zugleich bedeutete, dass sich ihr altes Selbst auflöste – und damit alles Vertraute und Gewohnte, alles Liebgewonnene und Hochgeschätzte. Thea wurde bewusst, dass alles im Leben seinen Preis hatte.

Frank war sehr erstaunt: Er hatte nicht geglaubt, dass – nach dem letzten Kapitel – für Theas Entwicklung eine Steigerung möglich gewesen wäre. Doch sie hatte sich scheinbar in ihrem Geist und ihrem Denken soweit entwickelt, dass selbst dies geschehen konnte. Die Erkenntnis, von der Frank gerade gelesen hatte, musste sich in ihm erst einmal setzen: Für einen solch existenziellen Tiefgang war er noch nicht bereit. Er schloss also die

Augen und atmete ruhig, sah sich selbst auf dem Dachboden auf einem Hocker sitzen und ein Buch in seinen
Händen halten. Er registrierte, wie Isabelle in der Küche
stand und den Nachtisch vollendete, wie die Gäste bald
kommen und alle einen schönen Abend erleben würden.
Da lächelte Frank kurz und freute sich.

Dann öffnete er wieder die Augen: Er sah, dass noch
eine Geschichte ausstand. Diese wollte er unbedingt lesen, bevor er nach unten ging. Frank entdeckte abermals
eine kurze Notiz: „Fahrt nach Südosten, Wind dreht,
Fahrt in Richtung Westen". Das letzte Kapitel lag nun
vor ihm.

Ein Brief für Thea

Eines Tages kam Thea von der Arbeit nach Hause. Bereits auf dem Heimweg hatte sie ein mulmiges Gefühl, das sich verstärkte, als sie das Haus betrat. Sie ging in die Küche und sah auf dem Tisch ein Kuvert mit ihrem Namen liegen. Sofort öffnete sie es und nahm einen Brief heraus. An der Handschrift erkannte sie, dass er von ihrem Opa Willi sein musste. Sie las:

Liebe Thea,

viele Jahre durften wir gemeinsam erleben und jedes war für mich ein Geschenk. Ich habe Dich aufwachsen sehen und versucht, Dich das eine oder andere zu lehren. Vor allem als kleines Kind hast Du das, was ich Dir erzählt und gezeigt habe, wie ein Schwamm aufgesogen. Dann wurdest Du älter, bist in die große, weite Welt gezogen und musstest feststellen, dass es dort hart und kompliziert sein kann. Im richtigen Moment hast Du dann aber glücklicherweise ein Zeichen erhalten und den Heimweg angetreten. Als Du wieder zu Hause warst und Deine Oma gepflegt hast, ging das Leben für Dich erst richtig los, meine ich – denn der Tod Hildegards öffnete Dir die Augen. Für mich war es eine schwierige Zeit, da ich sie doch sehr geliebt hatte. Wir waren so lange ein Paar, dass ich mir ein Leben ohne sie einfach nicht vorstellen konnte. In jenen Tagen hast Du mir, meine liebe Enkelin, aber mehr geholfen, als Du Dir vorstellen kannst. Schon allein, dass Du hier warst und mit mir manchmal einen Spaziergang durch den Wald gemacht hast, hat mir gut getan. Dafür möchte ich Dir danken.

Die meisten Spaziergänge haben Du und ich allerdings jeder für sich gemacht. So sind wir eben. Das ist auch nicht weiter schlimm, weil wir ja letztlich zusammenwohnen und uns trotzdem oft sehen. Wir sind einfach gerne allein im Wald. So können wir den Weg nach unseren Gedanken und Bedürfnissen ausrichten. Darum bist Du eines Tages auch ohne mich auf den Jägerstand gestiegen, dessen Kanzel sich über den Baumkronen befindet. Ich hatte ihn Dir das erste Mal gezeigt, als Du noch klein warst. Jetzt hast Du Dich als erwachsene Frau daran erinnert und bist wieder an diesen Ort zurückgekehrt, als Du auf der Suche nach einer Lösung warst. Wie ich danach erleichtert feststellen konnte, war dieser Ausflug für Dich erfolgreich und hat Dich schließlich weitergebracht. Du hattest endlich neuen Lebensmut gefunden, was mich als Dein Opa sehr glücklich machte. Es sollte für Dich weitergehen im Leben – mit all seinen Facetten. Und so war es auch die zwischenmenschliche Liebe, die an Deine Türe klopfte. Hier wurdest Du fürs Erste zwar enttäuscht, hast aber zugleich erfahren, was Freundschaft bedeutet.

Nach einer gewissen Zeit hast Du wieder einmal auf etwas zurückgegriffen, das ich

Dir früher gezeigt habe. Fest entschlossen machtest Du Dich auf den Weg, um eine Nacht im Wald zu verbringen. Hier wurde Dir bewusst, dass jeder ein Recht darauf hat, glücklich zu sein. Ja, meine liebe Thea: Auch Du darfst das Leben genießen und lieben. Wenn Du willst, dann darfst Du das sogar herausschreien, sodass es der gesamte Wald und die ganze Welt erfährt. Das letzte eindrucksvolle Erlebnis, das ich von Dir mitbekommen habe und von dem Du mir erzählt hast, war der Tag, an dem Du zur kleinen Lichtung gelaufen bist und die Fotos verbrannt hast. Du hast mir aufgeregt von den Bildkräften, den Seelenkräften und dem Ursprung der Seele erzählt und wie man es schaffen würde, sich den ungewollten Energien zu entziehen. Ich freute mich sehr, dass ich mit diesen Erkenntnissen in unserer Familie nicht allein war. Gleichzeitig war ich auch ein bisschen stolz, dass Du auf der gleichen geistigen Entwicklungsstufe wie ich angekommen warst. Damit erfüllte sich eine meiner Aufgaben: Dich zu lehren.

Ich bin mir sicher, dass Du Dich in Zukunft noch weiterentwickeln und höhere Stufen erklimmen wirst. Mehr konnte ich jedoch in meinem Leben für Dich nicht tun. Meine liebe Thea: Den restlichen Weg musst Du nun ohne mich oder mit jemand anderem gehen. Du bist jetzt zwar auf dem gleichen spirituellen Niveau wie ich, hast aber noch ein halbes, irdisches Leben vor Dir. Du gehst weiter – doch mein Weg auf Erden endet jetzt. Welche Geisteshöhen Du noch erreichen wirst oder kannst, weiß ich nicht. Wäre mir dieses Wissen bekannt, hätte ich es Dir gezeigt. Noch höher zu steigen, war mir jedoch nicht vergönnt – aber das ist auch völlig in Ordnung. Meine Aufgabe war es mitunter, Dich auf meine spirituelle Stufe mitzunehmen, Dich auf meine geistige Ebene zu bringen. Das habe ich getan – und bin sehr stolz auf das Ergebnis. Deine Berufung ist es nun, so meine ich zu wissen, weiterzugehen und andere, höhere Stufen zu erklimmen. Vielleicht hast Du, wenn Du diesen Brief in Deinen Händen hältst, schon eine weitere Erkenntnis verinnerlicht und eine nächste Ebene erreicht. Nichts ist unmöglich, Thea! Möglicherweise wird es irgendwann auch mal Deine Aufgabe sein, andere Menschen zu fördern und ihnen einen Weg aufzuzeigen, den Du selbst gegangen bist. Noch bist Du wahrscheinlich nicht soweit und solltest Dich daher erst einmal auf Dich konzentrieren. Sollte es für Dich vorgesehen sein, andere zu unterrichten, kommt diese Aufgabe früh genug auf Dich zu. Solange kannst Du die Ruhe genießen und brauchst kein schlechtes Gewissen zu haben, wenn Du nur auf Dich selbst schaust – das hat seine Richtigkeit.

Du kennst sicherlich den Mythos vom Elefantenfriedhof: Die Dickhäuter ziehen sich, sobald ihr Lebensabend naht, an einen bestimmten Ort zurück, um zu sterben.

Auch wenn das „nur" eine Geschichte ist, finde ich diese Vorstellung wunderschön, zeigt sie doch auf, dass einem die Zeit sagt, wann man zu gehen hat. So möchte ich an dieser Stelle behaupten, dass nun auch meine Zeit gekommen ist. Dieses Leben ist gelebt, ist von mir vollendet worden – auf eine wundervolle Art und Weise, wie ich glaube. Ich habe es nicht nur geschafft, das Leben wirklich zu genießen, sondern auch, dass es durch mich floriert, dass es durch mich und meine Taten wirken kann. Mehr können ich und das Leben nicht verlangen. Jetzt ziehe ich mich zurück – wie ein alt gewordener Elefant.

Wenn Du diese Zeilen liest, bin ich schon nicht mehr am Leben. Falls Du mich suchst, findest Du mich im Wald. Keine Sorge: Ich werde Dir nicht als Geist erscheinen oder hinter einem Baum hervorspringen. Du wirst mich vielmehr an den besonderen, mystischen Stellen wiederfinden, die ich Dir gezeigt habe. Du wirst mich in den Geräuschen des Waldes hören, im Knacken des Holzes, im Rascheln der Blätter und in den Rufen der Tiere. Du wirst mich in der Ruhe des Waldes spüren, in der Präsenz der Bäume wahrnehmen und vor allem im Wind, der durch den Wald weht. Ja, ich bin mir sicher: Dort wirst Du mich immer finden.

In Liebe
Dein Opa Willi

Nachwort

Frank hatte schließlich die letzte Geschichte gelesen. Er klappte das Buch zu und hielt es fest in seiner Hand. Zutiefst war er gerührt: Tränen flossen über seine Wangen, die er mit seinem Ärmel abwischte. Bis er nach unten ging, um die Gäste zu empfangen, wollte er noch etwas warten und das Gelesene Revue passieren lassen. Doch schon bald klingelte es, denn sein Vater Helmut war, wie so oft, überpünktlich. Frank stürzte vom Dachboden ins Erdgeschoss hinunter, weil er Isabelle noch in der Küche bei den letzten Vorbereitungen vermutete. An der Haustüre angekommen, bemerkte er, dass er das Buch ungewollt mitgenommen hatte und noch immer in seiner Hand trug. Frank wollte allerdings nicht, dass es sein Vater sah, denn er war sich unsicher: Vielleicht würden in Helmuts Seele alte Wunden aufreißen, wenn er sich an vergangene Zeiten und die außergewöhnliche Ballonfahrt mit Thea erinnerte. Deshalb versteckte Frank das Fahrtenbuch schnell hinter seinem Rücken, öffnete die Türe und begrüßte seinen Vater. Während dieser seine Schuhe auszog, steckte Frank das Büchlein unbemerkt in einen Beutel, der zwischen den vielen Jacken an der Garderobe hing: Da würde es sein Vater nicht entdecken.

Kurz darauf kamen auch Isabelles Eltern und nach einer herzlichen Begrüßung fanden sich alle am Esstisch ein. Es herrschte eine überaus harmonische Stimmung, vor allem weil sich Frank und seine Frau außerordentlich freuten, ihr kleines Geheimnis endlich lüften zu können: Heute sollten ihre Liebsten erfahren, dass Isabelle schwanger war. Nachdem die Gäste das edle Ambiente inklusive des Essens immer wieder gelobt hatten und schließlich auch der Nachtisch verspeist war, standen die Gastgeber plötzlich von ihren Stühlen auf: Jetzt wollten sie dem Trio erzählen, dass sie Großeltern werden würden. Helmut und Isabelles Eltern sahen die beiden und merkten gleich, dass jetzt etwas Besonderes kommen musste. Die Spannung stieg, zumal die beiden nicht ausgemacht hatten, wie sie es eigentlich sagen wollten. Es war still, sehr still – und Isabelles Mutter hielt sogar unbewusst den Atem an, weil sie so aufgeregt war. Da platzte es förmlich aus Isabelle heraus: „Ich bin schwanger." Alle schauten mit großen Augen, als Frank noch hinzufügte: „Ihr werdet Großeltern." Isabelles Mutter realisierte als Erste die tolle Botschaft. Sie hüpfte vom Stuhl auf und umarmte das Paar. Erst allmählich verstanden die beiden älteren Männer, was sie gerade erfahren hatten. Auch sie erhoben sich von ihren Plätzen – und bei Helmut floss sogar eine Freudenträne. Alle umarmten sich und freuten sich mit den beiden.

Nach einer Weile bat Frank die Gäste, ins Wohnzimmer zu gehen, um es sich dort gemütlich zu machen. Er und Isabelle wollten den Esstisch noch zu Ende abräumen. Also verschwanden die drei ins Wohnzimmer, setzten sich auf das Sofa und diskutierten bereits, wenn auch nicht ganz ernsthaft, wie ihr zukünftiger Enkel heißen sollte. Sämtliche Mädchen- und Bubennamen wurden vorgeschlagen und wieder abgelehnt. Während sie miteinander sprachen, brachten Frank und Isabelle das benutzte Geschirr vom Esszimmer in die Küche. Sie stellten es dort ab und atmeten erst einmal durch. Jetzt war ihr schönes Geheimnis gelüftet und alle hatten sich mit ihnen über die Neuigkeiten gefreut. Besser hätte es nicht laufen können! Die beiden umarmten sich innig. „Sie reden schon darüber, wie unser Kind heißen soll", sagte Frank, verdrehte etwas die Augen und schmunzelte, „dabei weiß ich bereits, wie es heißen soll, wenn es ein Mädchen wird." „Ach ja", wunderte sich Isabelle, „wie denn?" Frank antwortete kurz: „Thea", und er sagte dies so voller Liebe und Freude, dass seine Ehefrau sofort verstand, wie wichtig ihm dieser Name war. Sie sagte: „Das ist wirklich ein sehr schöner Name." Frank war überglücklich und konnte es kaum fassen, dass er eine solch tolle Frau an seiner Seite hatte, die ihn liebte und vollends verstand.

Die Gastgeber wollten die anderen nicht länger allein lassen und begaben sich ebenfalls ins Wohnzimmer. Es wurde viel gelacht, diskutiert und gefragt – und dabei gab es nur ein Thema: den neuen Erdenbürger, der bald unter ihnen sein würde. Die Zeit verging und alle genossen den schönen Abend, der sich allmählich dem Ende neigte. Isabelles Eltern machten den Anfang und verabschiedeten sich. Sie stiegen ins Auto, winkten und fuhren voller Vorfreude nach Hause. Kurze Zeit später wollte auch Helmut aufbrechen. Frank und Isabelle brachten ihn zur Türe, wo seine Schwiegertochter ihn fragte, ob er denn noch etwas vom Essen mitnehmen wolle: Es sei so viel übrig. Zuerst lehnte Helmut ab, da er im betreuten Wohnen gut versorgt war, aber dann wollte er sich das leckere Mahl doch nicht entgehen lassen. „Also gut, dann nehme ich gerne eine Portion mit", sagte er. Isabelle war zusehends erleichtert, nicht auf den Resten sitzenzubleiben und ging direkt in die Küche, um für ihn eine Portion herzurichten. Während sie beschäftigt war, wollte Frank seinem Vater eine Tasche geben, um den Behälter mit dem Essen transportieren zu können. Ohne nachzudenken, griff er also in die Garderobe und nahm einen Beutel heraus: Es handelte sich zufällig um den, in dem sich das Fahrtenbuch befand. Daran hatte Frank nicht mehr gedacht – und er wollte ihn schon wieder zurückstecken, als Helmut ihm mit einem Ruck den Beutel aus der Hand nahm. „Danke", sagte er und runzelte dann die Stirn, „was ist denn da drin?" Frank konnte nicht so schnell reagieren, wie sein Vater das Büchlein aus der Tasche herausholte.

Helmut fiel aus allen Wolken, als er erkannte, was er dort in seiner Hand hielt: sein altes Fahrtenbuch. Nachdem er sein geliebtes Hobby, das Ballonfahren, aufgeben musste, hatte er sich noch oft vorgestellt, wie es wäre, wieder einmal in die Luft zu steigen und die Welt von oben zu betrachten. Aber je länger diese Sehnsucht unerfüllt blieb, desto weniger dachte er daran. Er verdrängte diesen Wunsch nicht etwa, sondern verarbeitete den schmerzenden Verlust, indem er sich immer wieder klar machte, weshalb er sein Hobby nicht mehr ausüben konnte und dass es eine schöne Zeit gewesen war, die aber nun ein Ende hatte. Als Helmut das Buch jetzt vor sich sah, ploppten sämtliche Erinnerungen in ihm wieder auf. Er war sehr berührt und erinnerte sich nicht nur an das Ballonfahren, sondern auch an Thea, da ja in diesem Buch ihre Erlebnisse standen, die er in mehreren Geschichten ausformuliert und ausgeschmückt hatte.

„Hast Du das Buch gelesen?", fragte Helmut seinen Sohn. Frank nickte. „Ach ja", seufzte Helmut – teils wehmütig, teils freudig – „ich erinnere mich noch gut an die Ballonfahrt mit Thea." Frank wusste nicht, wie er jetzt reagieren sollte, entschied sich aber dafür, seinen Vater direkt auf seine Passagierin anzusprechen und ihn zu fragen, wer sie gewesen sei. „Thea", antwortete Helmut, „war ein ganz besonderer Mensch. Sie hat diese

Ballonfahrt zu einem außergewöhnlichen Erlebnis gemacht. Eigentlich hätte ich *sie* für diese Fahrt bezahlen
müssen, nicht sie mich. All ihre Erzählungen berührten
mich so sehr, dass ich sie aufgeschrieben habe." „Was
weißt Du über diese Frau?", wollte Frank wissen. „Eigentlich nicht viel", antwortete Helmut, „wir haben uns
einmal gesehen und das war bei der notierten Ballonfahrt. Thea wird damals ungefähr 80 Jahre alt gewesen
sein. Sie wohnte in dem Häuschen auf der großen Lichtung des Waldes." „Handelt es sich denn um den Wald,
der hier direkt am Haus beginnt?", fragte Frank. Sein
Vater nickte. Jetzt klopfte Franks Herz etwas schneller:
Alles, was er heute gelesen hatte, hatte sich hier in diesem Wald abgespielt, an dessen Rand er jetzt mit seiner
Frau lebte. „*Eigentlich* weiß ich nicht viel über Thea",
bemerkte Helmut, „und doch weiß ich eine ganze Menge über sie. Sie hat mir ja fast ihr ganzes Leben erzählt.
Vielleicht kenne ich Thea besser als jeden anderen Menschen." Frank verstand.

Helmut ergänzte: „Ich habe in meinem Leben viele
besondere Leute kennengelernt. Wie Du weißt, waren
sie oft bei uns zu Besuch. Ich kann Dir versichern, dass
jeder von ihnen tief ins Leben geblickt und etwas erkannt hat, dass jeder einzelne von ihnen einen gewissen
Zauber besaß. Aber an Thea kam keiner von ihnen heran: Sie strahlte so viel Liebe und Freude aus – ich kann
es nicht anders beschreiben. Ihre Augen leuchteten und

alles, was sie mir damals erzählte, kam aus ihrem Herzen. Ja, ich meine, sie war wie eine Heilige."

Frank war fasziniert und neugierig: „Hast Du denn nie versucht, Thea ein weiteres Mal zu treffen?" Helmut hielt eine Weile inne. Er spürte, worauf Franks Frage abzielte: Sein Sohn wollte wissen, ob er sich in Thea verliebt hatte. Helmut gestand: „Ich habe nach der Ballonfahrt noch ein paar Mal versucht, die Lichtung und Theas Häuschen wiederzufinden. Vergebens!" „Dann hast Du Thea also nie mehr wiedergesehen?", fragte Frank. „Nie mehr wieder", bestätigte Helmut, „und ich bin dann auch nicht mehr in den Wald gegangen, um sie zu suchen. Deine Mutter wunderte sich sowieso schon ein wenig und ich wollte nicht, dass sie unnötig eifersüchtig wird. Das zwischen Thea und mir war keine Liebe im gewöhnlichen Sinne, sondern eine Art Magie. Ja, Thea hat mich einfach begeistert und irgendwie verzaubert."

Frank glaubte seinem Vater, der immer ehrlich und aufrichtig war, und schämte sich fast ein bisschen, dass er insgeheim eine Romanze vermutet hatte. Er verstand, dass Thea ein Mensch gewesen sein muss, der andere auf magische Art und Weise faszinierte – unabhängig vom Geschlecht, Alter und anderen Aspekten. Frank schlug vor: „Lass uns morgen in den Wald gehen und nach der Lichtung suchen. Thea muss zwar zwischenzeitlich gestorben sein – sie wäre jetzt weit über 100

Jahre alt –, aber vielleicht finden wir ihr Häuschen. Ich möchte unbedingt den Ort sehen, wo sie gelebt hat." „Ohne eine Wegbeschreibung", erwiderte Helmut, „ist es unmöglich, das Haus zu finden. Ich habe es damals bei meinen Ballonfahrten mit den Koordinaten nicht so genau genommen und meiner Intuition mehr vertraut als irgendwelchen Daten. Immerhin habe ich die Himmels-richtungen notiert, wie Du gelesen hast. Dass ich Theas Haus überhaupt gefunden habe, lag daran, dass sie mir am Telefon den Weg genau erklärt hat. Ich habe die Wegbeschreibung auf einen Zettel geschrieben, aber ich habe ihn nie mehr wiedergefunden. Er muss verlorenge-gangen sein, dabei bin ich mir sicher, den Zettel nicht weggeworfen zu haben. Irgendwo muss er sein, aber wo, das weiß ich nicht."

Das Gespräch der beiden endete abrupt, als sie hör-ten, wie Isabelle aus der Küche kam. Helmut hielt noch immer das Buch in seiner Hand. Er schaute auf den ver-gilbten, abgegriffenen Einband, auf dem ein Ballon über einem Wald zu sehen war. „Das Bild ist wunderschön", schwärmte er und hielt seinem Sohn das Buch entgegen. Frank nahm es wortlos und staunte. Da er sich die Ab-bildung etwas genauer anschauen wollte, nahm er das Buch aus dem Einband heraus: Dabei fiel ein kleiner Zettel zu Boden, der sich dahinter befunden hatte. Frank hob das Stück Papier auf, schaute es an und war per-plex: „Ist das etwa...?" „Oh!", unterbrach ihn Helmut schlagartig, „das ist die Wegbeschreibung!" Beide schauten sich mit großen Augen an – sie wussten in diesem Moment genau, was der andere dachte. „Wollen wir uns morgen auf den Weg machen und Theas Haus suchen?", fragte Frank aufgeregt. „Das ist ein hervorragende Idee", antwortete Helmut.

Zeitfracht Medien GmbH
Ferdinand-Jühlke-Straße 7
99095 Erfurt, Deutschland
produktsicherheit@kolibri360.de